바비의 분위기

박민정 소설집

바비의 분위기

초판 1쇄 발행 2020년 8월 11일
초판 2쇄 발행 2020년 11월 9일

지은이   박민정
펴낸이   이광호
주간   이근혜
편집   최지인 이민희 조은혜 박선우
펴낸곳   ㈜문학과지성사
등록번호   제1993 - 000098호
주소   04034 서울 마포구 잔다리로7길 18(서교동 377 - 20)
전화   02) 338 - 7224
팩스   02) 323 - 4180(편집) / 02) 338 - 7221(영업)
전자우편   moonji@moonji.com
홈페이지   www.moonji.com

ⓒ박민정, 2020. Printed in Seoul, Korea

ISBN 978 - 89 - 320 - 3755 - 4 03810

* 이 도서의 국립중앙도서관 출판예정도서목록(CIP)은 서지정보유통지원시스템 홈페이지
  (http://seoji.nl.go.kr)와 국가자료공동목록시스템(http://www.nl.go.kr/kolisnet)에서
  이용하실 수 있습니다. (CIP제어번호 : CIP2020031436)

이 책은 서울문화재단 '2018년 창작집 발간 지원사업'의 지원을 받아 발간되었습니다.

바비의 분위기

박민정 소설집

문학과지성사

차례

모르그 디오라마 7

세실, 주희 39

바비의 분위기 75

신세이다이 가옥 115

숙모들 143

천사의 비밀 173

천국과 지옥은 사실이야 199

해설
괴물과 사실, 그리고
앎의 장치로서의 소설 · 송종원 240

작가의 말 257

추천의 말 259

모르그 디오라마

115cm, 15kg, RH+A형. 양안 1.2.

학령기 첫해의 신체검사 기록은 여러모로 의심스럽다. 이후의 기록들과는 확연히 달랐기 때문이다. 혈액형은 평생에 걸쳐 RH+O형으로 확정되었다. 그런 것들도 잘못될 수 있는지에 대한 지식이 내게는 없다. 사실상 부모의 혈액형은 각각 AO, BO형이었기에 두 경우 모두 가능했으나, 당시 자신의 혈액형을 아내와 같은 BO형으로 잘못 알고 있었던 아버지의 의심을 샀다. 상식으로 널리 알려진 기초적 생물학 지식과 오쟁이 질 걱정이 낳은 비극이었다. 그 일이 나를 잠깐 멀리 보내는 데 일조했다.

키와 몸무게에 관한 기록도 수상하기는 매한가지였다. 고작 115센티미터의 여자아이가 왜 교실 맨 뒷줄에 앉아 있었을까. 언제나 몸집이 작았던 건 사실이지만 3.8킬로그램으로 태어난 내가 그 나이에 15킬로그램밖에 되지 못했다는 것도 의심스러웠다. 나는 언제나 학급에서 키가 가장 큰 편이었다고 기억한다. 당시 여덟 살 아이들의 평균 신장 수치를 조사해보아도 115센티미터는 결코 큰 축에 든다고 할 수 없다. 나는 언제나 키가 컸고, 초경 이후 3년 만에 성장이 멈췄는데도 170센티미터에 달했다. 언제나 교실 맨 뒷줄에 있었다. 그해 학급 인원은 마흔여덟 명, 네 분단은 열두 명씩 채워졌고 여섯 줄에 걸쳐 두 명씩 앉았다. 교실은 한없이 넓었고 칠판도 아득히 먼 듯했다. 담임교사의 판서가 보이지 않는다고 핑계 대기에 충분했다. 나는 맨 뒷줄에 앉아 있었기 때문이다.

아이의 첫 신체검사 기록을 두고 부모가 어떤 갈등을 빚고 있는지 상상조차 못 한 채 나는 날마다 부모를 졸랐다. 칠판에 무슨 내용이 적히는지 나로서는 도저히 알 수가 없으므로 언제나 짝꿍의 노트 필기를 빌려 베껴야 했다. 짝꿍이 온순한 남자아이라면 선뜻 노트를 내주지만 대부분의 아이들은 내 머리카락을 잡아당기며 구박하곤 했다. 이 눈병신아, 안경을 써, 이런 말을 들은 어머니는 나를 학교 앞 안경점에 데려갔다.

시력검사 결과 학교에서 나눠 준 신체검사 기록과 다소 다른 양안 0.8의 결과가 나왔다. 정직한 안경점 주인은 근엄한 얼굴로 내게 말했다. 안경을 쓰기 시작하면 계속해서 시력이 떨어질 것이라고, 0.8은 반드시 교정해야 하는 수준은 아니라 했다. 그는 어머니를 돌아보며 말했다. 담임선생에게 앉은 자리를 조정해달라고 말해보는 것도 괜찮을 텐데요. 나는 고개를 저었다. 쇼케이스 너머에 있는 목걸이가 달린 빨간 뿔테 안경을 가리키며 나는 키가 커서 절대 앞으로 갈 수 없으리라고 주장했다. 나는 언제나 뒷줄에 앉아야 해. 어머니는 요즘 아이들은 안경을 쓰는 게 멋인 줄 알고 칠판 글씨가 안 보인다는 핑계를 대곤 한다고 안경점 주인에게 말했다. 그러면서도 어머니는 내 성화를 이기지 못하고 빨간 안경을 사 주었다. 키와 몸무게와 혈액형과 시력에 관한 착각과 오류와 오기. 어머니 말대로 다른 애들처럼 액세서리로서의 안경이 탐나서 그런 게 아니라고 나는 주장했다. 정말로 그때부터 칠판 글씨가 좀처럼 보이지 않았고, 사물이 두세 개씩 겹쳐 보이는 난시 현상도 경험했다. 양안 1.2라거나 0.8의 기록은 내게 중요하지 않았다. 돌이켜보면 그곳으로 가기 위한 준비 과정이었다. 내가 잠깐 죽었을 때 다녀온 곳.

이후의 삶에서 나는 실제로 바닥으로 떨어진 시력 때문에 고생했고, 지금은 시력 교정 수술을 받아 양안 1.0이 되었으나 언제든 다시 그때로 돌아가리라는 두려움에 종종 사로잡힌다. 눈이 멀어버리던 순간. 가끔 꿈에서 나는 그날처럼 초상 사진을 찍고 있고, '팟' 하는 소리를 내며 영혼이 내게서 달아나는 분명한 감각을 느낀다. 영상미디어과 재학 시절 괴테의 잔상 효과에 대해 배우면서, 어디까지나 카메라는 인체의 시각에 대한 불신으로 발명된 기계이고 콜로디온 습판으로 초상 사진을 찍던 당시 사람들이 실제로 영혼을 빼앗길까봐 두려워했다는 이야기를 들으며 사실 나도 별다르지 않다고 생각했다. 나는 중세와 근대에 걸쳐 있는 사람이 아니지만, 더욱이 사진이론을 전공한 사람이지만 초상 사진을 찍으면 영혼이 달아나버린다는 말을 아직도 믿고 있는지도 모른다.

사진은 영혼을 빼앗아갈 수 있는 근대의 무기다…… 요즘 들어 날마다 그 말을 실감한다. 그 일이 있고 나서부터였다. 그 일로 우리 회사는 거의 10년 만에 대형 포털의 실시간 검색어 순위에 이름을 올렸다.

기왕에 뭇사람들의 반응, '그 회사 아직도 있어?'가 조금도 낯설지 않았다. 이제는 누구도 '구글'이나 '네이버' 같은, 포털 사이트나 검색엔진의 일반명사로서 이 회사의 이름을 언급하지 않는다. 대학에 다니던 10여 년 전만 해도 그렇지 않았다. 외국계 포털 사이트로서 우리 회사의 명성은 구글보다 앞섰던 것으로 기억한다. 하기야 당시는 '매킨토시'라는 명사가 통용되던 때이기도 했으니까. 그만큼 옛날이지만 아쉽기는 했다. 내가 입사한 후 회사는 퇴락일로를 걸었고, 오랜만에 만난 동기들은 우리 회사의 이름을 들으면, 그게 아직도 있어? 하고 깜짝 놀라며 반문했다. 한때 검색엔진의 대명사였던 회사는 그 이름만으로도 놀림감이 되기 일쑤였다. 나는 가끔 진지하게 말했다. 기억 안 나? 우리 학교 앞에 그 이름 딴 술집도 있었던 거. 이런 말도 동기들은 일종의 자학 개그로 받아들였다. 명함을 보자마자 실소를 터뜨리는 녀석도 있었고, 회사 인트라넷 메일 주소를 보며 나도 남들과는 다르게 여기서 메일을 만들어볼까, 지껄이는 녀석도 있었다.

대학을 졸업하고 처음 입사했을 때, 당시 회사는 종로 시내 한복판 커다란 빌딩에 입주해 있었다. 이런 곳이야말로 자본주의의 어젠다구나, 나는 그곳으로 당당하게 걸어 들어가는구나, 생각했었다. 우리 회사만 입주한 빌딩도 아닌데 그곳이 마천루라는 사실이 어찌나 나를 벅차게 했는지 모른다. 동기들 중 가장 먼저, 졸업식도 하기 전에, 이름난 외국계 회사에 입사한 사람은 나뿐이었다.

옛날이야기다.

그해에 스마트폰이 생겼고, 수많은 포털 사이트와 검색엔진에서 모바일 서비스를 준비하기 시작했다. 스마트폰을 들고 다니는 사람들이 하나둘 늘어날 때 나는 그들을 죄다 얼간이들이라고 생각했다. 카메라면 카메라고, 핸드폰이면 핸드폰이지, 여러 기능이 결합되어 있다는 것 자체가 조잡스럽다고 생각해서 그때까지 '폰카'도 사용해본 적 없는 나였다. 나는 핸드폰으로 음악을 들어본 적도 사진을 찍어본 적도 없었다. 그런데 데스크톱으로도 충분히 할 수 있는 일을 돌아다니며 하고 있다니. 한국인만큼 인터넷을 무분별하게 많이 사용하는 족속도 없다는데 스마트폰의 도래는 흉흉했다. 회의 시간에 당당하게 스마트폰을 꺼내 검색하거나 받아 적는 사람들을 보며 나는 경악하곤 했다. 업무 시간에 무례하게 전화기를 꺼내 든단 말이야? 이런 생각이었다. 돌이켜보면 놀라울 만큼 고루한 생각이다. 고릿적부터 웹2.0 시대를 읊고 다녔던 부장을 포함해서, 직원 모두가 나같이 생각한 것은 아닐 텐데 단언컨대 스마트폰 이후로 회사는 망했다.

이제는 대부분 알고 있다. 결국 플랫폼을 스마트폰에 적합한 형태로 만들어내지 못했고, 그것이 몰락의 시초였다는 것을. 스마트폰은 이제 사람들의 육체 일부가 되었다. 시나브로 메일 서비스, 커뮤니티, 개인 블로그, 아카이빙 서비스를 이용하는 사용자가 줄어들었고, 동기 녀석들의 반응처럼 회사의 이름은 한물간 브랜드를 의미하는 것이 되어버렸다.

그러나 분명한 건 나는 아직도 이 회사에 다니고 있었다. 언제나 징후는 보였으나 사실이 아니었던 종말을 기어이 목격하면서.

회사는 더 이상 종로 시내 한복판 마천루에 입주해 있지 않았고, 나도 더 이상 그럴듯한 '홍보팀' 소속 직원이 아니었지만. 공간과 소속은 자꾸 분절됐다. 1년 전 다마스 용달에 짐을 싣고 종로를 떠나 문래동으로 올 때, 진지하게 고민했었다. 이제는 정말 떠나야 할까. 이제는 떠나가볼까. 종말을 믿으며 하염없이 기다리는 지하 벙커의 광신도가 된 기분도 잠시 들었다.

문래동에 이사 간 후로는 타이완에 있는 본사의 지시로 국내 웹툰 회사와 통합했다. 스타트업으로 출발해 규모를 제법 키운 회사였으나 저질 콘텐츠 일색인 곳이었다. 그 회사 사이트에 있는 성인물 웹툰을 몇 편 보다가 기가 막혔다. 수십 개 웹툰이 올라와 있었지만 전부 폭력적인 내용뿐이었다. 특히 '몰카' 피해자 여성의 고통을 다룬답시고 도리어 그 캐릭터를 착취하는 방식은 그야말로 익스플로이테이션 장르물 그 자체였다. 더구나 사이트에 접속하자마자 뜨는 팝업 창은 전부 유사 성매매 광고물 일색이었다. 이런 것을 만지는 사람들과 같은 사무실에서 일해야 하다니, 그런 생각도 잠시 들었던 것 같다.

그날 사방팔방에서 다마스 용달이 속속 허름한 건물 주위로 모여들었다. 나는 8년 차 과장이었지만 신병교육대대에서 이제 막 군번을 부여받은 사람처럼 주눅 들었다. 종로에 있던 사무실보다 더 작은 사무실에 낯선 직원들과 섞여 앉으려니 난처했다. 입사 동기들과 회사 근처 골목에서 담배를 피우며 한탄했다. 어차피 잘난 사람들은 좋은 회사에 다 스카우트되어 갔으니 남은 우리들은 진짜 순장조인지도 몰라. 담배를 세 대째 피우는데 웹툰 사이트 부장이 골목 끝에서 도끼눈을 뜨며 나타났다. 여직원들이 단합하는 문화 좋네요?

오늘도 여직원들끼리만 단합해보려고 하는데 어때요?

여직원들끼리만. 나는 그 말에 담긴 함의를 잘 알고 있었다. 웹툰 사이트 부장은 기선 제압을 하려 드는 것이었다. 적어도 3년 전쯤이었다면 어땠을까. 기세등등 합석해서 한번 대결해보려 들지 않았을까. 그들의 콘텐츠를 두고 은근슬쩍 비아냥대면서. 통합이라고 해도 너희는 우리 회사의 식민지로 들어온 것과 같다는 메시지를 전달하려 노력하면서. 그러나 그때의 우리는 한없이 무기력했다.

아니, 저희는 됐습니다.

우리는 누가 먼저랄 것도 없이 담배를 끄고 자리를 떴다. 그때 웹툰 사이트 부장의 표정이 어땠는지는 전혀 기억나지 않는다. 일별조차 하지 않았으므로.

웹툰 회사와 사무실을 합치고 처음 본 풍경들 가운데 가장 인상적이었던 장면은 전화로 작가를 독촉하는 것이었다. 그 일을 하는 사람은 정직원은 아니었고 몇 개월 후 그만두었던 것으로 보아 아르바이트생인 것 같았다. 그는 유선전화를 이용해 하루 종일 통화만 했다. 작가님 정말 이러시면 안 되죠. 오늘까지는 주셔야 됩니다. 상중이시라고요? 어제는 아프시다더니 오늘은 왜 상중이세요. 어디서도 들어볼 수 없었던 말들을 듣는 재미도 있었다. 그러나 그 수화기 너머 작가란 사람들이 '몰카 피해자'의 성기를 자세히 그려놓고 대강 모자이크 처리를 한 사람들이라는 생각이 곧장 떠오르면 착잡해졌다.

그땐 미처 알지 못했다. '몰카 피해자'의 성기 노출이 얼마나 중요한 문제인지. 내게 그것은 싸구려 조회 수 장사를 하는 성인 웹툰 사이트의 저질 콘텐츠일 뿐이었고, 무엇보다 사람의 그것이 아니었다. 어디까지나 사람을 흉내 내고 있는 만화 속 인물일 뿐이었다. 모자이크 처리를 한다고는 했지만 언뜻 봐도 분명한 여성의 성기를 사실적으로 묘사하고 있고, 그것이 다름 아닌 원치 않는 영상에 담기고 있는 피해자의 재현이라는 것도 전부 가상이라 생각하면 그만이었다.

마치 가상의 원본을 보여주겠다는 듯, 이제는 1년에 한두 번 올라오는 동영상 아카이빙 메뉴에 '진짜' 그것이 올라왔을 때. 나는 영상미디어과 3학년 재학 시절, 가장 존경하는 교수에게 배웠던 모르그 디오라마를 떠올렸다. 그 학기 주제는 초상의 역사였다. 교수는 스펙터클의 폭력에 대해 연구하는 사진이론가였다. 10여 년이 흐른 지금도 그날의 수업을 잊지 못한다. 파리 시체 공시소 모르그의 개방…… 신원 미상의 시체를 공개하여 유족을 찾는 일이 목적이었으나, 결국 파리 시내의 가장 즐거운 구경거리가 되어버렸던 모르그 디오라마에 대하여. 그저 눈을 감은 듯 깨끗하고 아름다운 소녀의 시체를 두고 "그 소녀는 왜 죽었을까?"를 집요하게 물었던 사람들. 교수는 미국 유학파였는데, 당시 FBI 사진감식반에서 일한 적이 있었다고 했다. 그때그때마다 나는 모르그 디오라마를 떠올렸어요. 빨래처럼 널린 시체를 구경하는 것만이 유일한 스펙터클인 당시의 사람들 마음은 대체 뭐였을까. 그녀는 그 이야기를 할 때 눈을 질끈 감으며 한 손으로 교탁을 짚었다.

FBI 이후 내 삶의 질은 다섯 단계쯤 낮아졌죠. 그 사진들이 잊히지 않으니까요.

그 말을 나 역시 실감하게 되리라고는, 당시에는 전혀 예상할 수 없었다.

어린 시절의 나는 잠시 죽었던 적이 있다고 자주 이야기하고 다녔다. 어린 시절의 친구들과는 대부분 임사 체험이 나 사후 세계에 대한 이야기를 하며 놀았고 UFO나 우주, 종말에 관한 관심도 남달랐다. 우리에겐 특별한 이야기가 아니었고, 나를 이상하다고 멀리하는 친구는 한 명도 없었다. 내가 잠시 죽은 적이 있다고 이야기하면, 아이들은 다가와서 농담조로 그건 프레디에게 잡혀간 거야? 하고 물었다. 하나 둘, 프레디가 온다. 셋 넷, 문을 잠그고, 다섯 여섯, 십자가를 쥐어라…… 친구들이 가장 무서운 영화로 꼽았던 「나이트메어」의 한 대목이었다. 나는 그 영화를 보지 않았지만 아이들이 프레디가 온다……를 읊기 시작하면 소름이 돋았다. 성인이 된 후 한 친구는 그건 영어였는데도, 왜 그렇게 귀에 착 감기게 무서웠는지, 하고 술회했다.

　친구는 덧붙였다. 예술고등학교에서 문화철학을 강의하는 친구였다. 요즘 아이들은 그런 거 이해 못 해. 노스트라다무스 종말론, UFO 납치설, 버뮤다 삼각지대. 그건 우리 때의 정서일 뿐이야, 세기말 정서. 그런 말 하면 노인네 취급을 받는다고. 기억나, 새천년? 애들은 즈믄둥이들인걸. 2000년 1월 1일에 뉴스에서 앵커가 진지한 얼굴로 "여러분, 지구가 종말하지 않았습니다. 안심하셨죠. 또한 밀레니엄 버그도 발생하지 않았습니다" 이렇게 말했다는 사실을 믿지도 않아. 애들 반응은 그저 헐, 대박, 바보 아니야? 이러는데, 그때 우리가 애건 어른이건 집단 바보라서 세기말 정서에 빠진 게 아니라는 걸 요즘 애들은 절대 이해 못 해…… 어항 너머 금붕어를 보면 두 손가락 벌려 확대해본다는 신인류들은 더 하겠지.

친구 말대로 그땐 학급문고에 심심찮게 『종말 이후 우리의 영혼은?』『UFO에서 살아남은 아이』『휴거』 따위가 꽂혀 있던 시절이었다. 우리가 중학생이었던 1999년, 언제나 IMF 핑계를 대며 용돈을 주지 않던 부모들의 한숨과 더불어 우리를 사로잡고 있었던 것은 바로 '이 세계는 곧 끝장나리라'는 정서였다. 그건 내가 곧 해산될 지경에 놓인 회사에서 순장조임을 예감하며 머무르고 있는 것과는 전혀 다른 종류의 감정이었다. 두렵지만 설레는 것이었다. 만약 지구의 마지막 날이 온다면 사랑하는 사람들과 함께 손을 잡고 눈을 꼭 감고 소멸하리라, 생각했던 내게 아른거리던 이미지는 언제나 임사 체험에 관해 이야기를 나누고 분신사바를 하며 놀았던 친구들과 체육관 구석 매트리스 더미에 기대앉아 소멸하는 장면이었다. 노트에 그런 그림을 그렸던 적도 있다. 거기 부모는 없었다.

친구들만이 나를 'UFO급의 벙커에서 잠깐 죽었다 살아 돌아온 아이'라는 걸 믿어주었기 때문이다. 항상 붙어 다녔던 네 명의 단짝 친구는 각기 꽂혀 있는 분야가 달랐다. 우주, 버뮤다 삼각지대, UFO, 노스트라다무스. 그중 한 명은 언제나 악몽에 시달렸는데, 꿈속에서 늘 블랙홀에 빨려 들어간다고 했다. 그 애는 어머니에게 이끌려 수면장애 클리닉에 다녀보기도 했으나 중학교를 졸업할 때까지 우주에 관한 관심은 멈추지 않았다. 매일같이 관련한 책을 읽었는데 막상 지구과학이나 물리 등 관심사를 써먹을 만한 교과목의 점수는 형편없이 낮았던 것으로 기억한다. 날마다 버뮤다 삼각지대에 대해 심각하게 고민했던 친구는 늘 돌봐야 하는 두 살 터울의 남동생이 갑자기 거기로 사라져버릴까 봐 걱정했다. 동생은 다른 어린 남자애들이 그렇듯 정신없이 쏘다니다 불현듯 길을 잃어버리기 일쑤였는데 그때마다 버뮤다 삼각지대로 추방되었을까 봐 엉엉 울며 찾으러 다녔다고 했다.

　나는 UFO라기보다는, 정확히는 UO에 다녀왔다고 봐야지.

　날지 않았으니까, 거기는. 미확인 비행 물체가 아니라 엄밀하게는 미확인 물체.

　똑똑한 척하며 말하면 아이들은 진지한 눈빛으로 고개를 끄덕였다. 유치원에 다닐 때부터 노스트라다무스를 구루로 모셨던 친구의 집에서 언제나 모여 놀며 우리는 그런 이야기를 나눴다. 그 집 거실 바닥에 깔려 있던 자줏빛 카펫의 문양을 기억한다. 나는 기억력이 좋은 아이였다. 어머니는 네 살 때 간 설악산 여행에서 들렀던 호텔 카페의 정경을 읊는 나를 보며 혀를 내둘렀다. 내가 낳았지만 정말 너는 기억력이 너무 좋은 아이다. 공부도 그만큼 잘하면 좋을 텐데. 나는 언제나 뒷말은 가볍게 무시했다.

그건 아마도 카펫의 색깔과 보색을 이루는 짙은 녹색의 격자무늬로 채워진 오각형 문양이었을 것이다. 물끄러미 내려다보며 나는 말하곤 했다. 음, UO…… 어둡고 차가웠지. 등에 자꾸 벽이 닿았고 뒤통수도 벽에 닿았는데 온몸이 섬뜩해질 정도로 차가웠거든.

거기엔 왜 간 거야?

그때 나는 아이들에게 거기가 어디였는지, 왜 거기까지 가게 되었는지에 대해서는 결코 말해주지 않았다. 그곳은 아버지의 회사가 있던 여의도였고 아버지는 나를 병원에 데려간 후 하루 종일 데리고 다니며 놀아줬다. 처음 있는 일이었다. 웬디스 햄버거를 먹었고 63빌딩에서 수족관을 구경했고 난생처음 3D 영화를 봤다. 롤러코스터를 타는 내용이었는데 당시만 해도 화질이니 뭐니 형편없는 수준이라 영화를 다 보고 나서 나는 먹은 것을 전부 토하고 말았다. 화장실에서 나왔을 때 아버지가 보이지 않았고, 나는 63빌딩 안에 있는 UO로 가게 되었던 것이다.

당시만 해도 이름을 듣는 것만으로도 수많은 어린이의 마음을 설레게 했던 마천루, 63빌딩이었다. 올림픽대로를 지

나갈 때마다 지금은 턱없이 낮아 보이는 저 빌딩이 그때는 왜 그렇게 높아 보였을까 생각했다.

거기가 어디였고 왜 갔는지에 대해서는 분명 알고 있지만, 아이들의 질문에 정말로 답할 수 없었던 것들은 따로 있었다. 이 부분에 관해서는 내게 기억이 없다. 왜 등과 뒤통수가 벽에 닿았던 거야? 차가운 것 말고 뜨거운 건 없었어?

몰라.

정말로 어떤 부분은 조금도 기억이 나지 않는다. 성인이 된 지금까지도.

거기 누가 있었어? 아니면 너 혼자였어?

이 대목에 관해서는 기억나는 것과 반대로 아이들에게 거짓말로 둘러대곤 했다.

아마도 혼자였을 거야.

팟.

하얀 플래시가 터졌고 그때 나는 죽었어.

그때도 세기말이었다. 19세기 말. 파리의 센강 가운데, 시테섬에 있었던 시체 공시소 모르그. 하루에 만 명 이상이 몰려들기도 했다고 했다. 쇼케이스 너머에 있는 시체를 구경하러. 1880년대 후반, 센강에서 건져진 소녀의 두상, "센강의 신원 미상의 소녀"에 대해 교수는 미간을 찌푸리며 설명했다. 폭행의 흔적도 없이 깨끗했고, 게다가 예상했겠지만, 아름다웠고…… 만면에 미소를 띠고 있었죠. 남자 때문에 죽었다는 소문이 호사가들 사이에서 파다했고요. 그녀의 두상은 매장되기 직전 공시소의 병리학자에 의해 석고로 제작됩니다. 이 두상은 수많은 복제본으로 만들어졌고, 먼 훗날 구강소생법 훈련을 위한 심폐소생술 마네킹이 되었습니다.

교수는 설명을 마치고 죄송합니다, 하며 가방에서 생수를 꺼내더니 알약을 두 알 털어 넣었다. FBI 사진감식반에 관한 설명을 들은 후였기 때문에 나는 그녀의 증상을 일종의 PTSD로 이해하며 수업에 임했고, 자신이 하고 싶은 공부를 열심히 했을 뿐인데 병을 얻다니 정말 인생이란 알 수 없는 참혹함이다, 생각했던 것 같다.

FBI 이후 내 삶의 질은 다섯 단계쯤 낮아졌죠.

나도 그렇게 말할 수 있을까.

그 영상을 본 이후, 내 삶의 질은 다섯 단계쯤 낮아졌죠. 어린 시절 알 수 없는 공간에 감금되어 잠시 죽었다 살아 돌아왔는데도 괜찮았던 내가. 그런데 삶의 질은 무엇을 기준으로 판단할 수 있을까? 이 삶의 다섯 단계쯤 위는 뭐고, 여기서부터 다섯 단계쯤 아래는 무얼까? 내가 다시는 영상을 보기 전으로 돌아갈 수 없다는 것은 분명하다. 임사 체험을 하기 전으로 돌아갈 수 없듯. 나는 비로소 내가 가장 존경했던 그 교수는 단지 선병질적이었던 사람이 아니라, 자신의 상태를 명확하게 설명할 수 있는 비교적 건강한 사람이었다는 것을 깨달았다.

그 일은 내가 온전히 전담해야 했다. 8년 차 과장이었고, 아카이빙 서비스에 대해 가장 잘 알고 있는 사람이 나였으므로. 그날 수많은 사람에게 잊혀가던 우리 회사의 이름이, 이제는 구시대의 유물쯤으로밖에 취급되지 않는 우리 회사의 이름이 대형 포털의 실시간 검색어 1위에 올랐을 때 친구들에게 문자가 왔다. 처음에는 드디어 너희 회사 없어지는 건 줄 알았어, 그런데 이게 무슨…… 나는 핸드폰을 꺼두고 골목에서 동기들과 담배를 피웠다. 동기 중 한 명이 뇌까렸다. 난 이게 주술적인 생각이라는 거 인정해. 무식한 말이라는 거 인정하는데, 저 회사랑 통합했기 때문 아닐까? 저 회사의 음습한 기운이 결국 이런 일을 만들어낸 거 아닐까?

하지만 그게 정말로 무식한 말이라는 것은 우리 모두가 잘 알고 있었다.

동영상 아카이빙 메뉴에는 몇 년간 별다른 게시물이 올라오지 않았다. 1년에 한두 번쯤 '9·11테러의 내막' 같은 영상을 개인 소장 용도로 올리는 이용자가 있었고, 그만큼 텅 비어 있는 메뉴는 회사의 퇴락을 의미할 뿐이었다. 아이들이 아무도 찾지 않는 텅 빈 놀이터에서 삐걱삐걱 움직이는 녹슨

그네일 뿐이었는데, 그날 동영상 열 개가 한꺼번에 올라온 것이다.

웹툰 작가들이 무성의하게 처리해놓은 모자이크조차 되어 있지 않은, 여자의 성기가 드러난 영상이. 그것도 몰래카메라 영상이었다. 정확하게는 비동의 유포 성적 촬영물. 그중 세 건은 정황상 강간으로 추정되었다. 사이트는 잠시 접속이 불가능할 정도로 방문자가 폭주했다. 로그인도 성인 인증도 필요 없는 사이트에 범죄 영상이 날것으로 올라왔으니 그날만큼은 온갖 매체에서 우리 회사를 다뤘다. "포털 ○○코리아 음란물 대량 업로드 사태······" 대부분의 매체에서 뽑은 제목이 그랬다. 누군가 새벽에 업로드한 동영상은 몇 시간 동안이나 방치되었고, 삭제된 후에도 이미 널리 유포된 상태였다. 사무실은 객도 없는 초상집 같았고, 부장은 실내에서 줄담배를 피워댔다.

그 영상 전부를 돌려봐야 했다. 동영상마다 알 수 없는 이름이 붙어 있었다. 식별 코드 같기도 한 그것들. 인도코끼리 -12, 인도코끼리-M14······ 남자 직원들은 이게 품번이야 뭐야, 뇌까렸는데 나는 그때 품번이라는 말을 처음 들었다. 그것이 일본 AV의 상품 식별 번호라는 것을 들었으나 동의할 수 없었다. 이 영상은 전부 스너프물일 뿐이었다. 이건 포르노가 아니었다.

망해가는 회사에 이런 짓을 한 인간이 누군지 얼굴을 보면 침이라도 뱉고 싶었는데, 업로드한 자를 추적해 경찰과 함께 만나보니 뜻밖에도 중학생 소년이었다. 아이는 키가 작았고 온순해 보였다. 조사를 받는 내내 고개를 푹 숙이고 있었다. 나는 입술을 깨물다 겨우 한마디 했다.

왜 그랬어요?

사촌형 집에 놀러 갔는데…… 급하게 제 아이디로 저장해 두고 싶어서요, 마음에 드는 것들만……

그래도 이건 몰카, 아니 범죄물이잖아요.

아이는 고개를 슬며시 들며 말했다.

그래도 진짜잖아요…… 사촌형이 국산 아니면 볼 필요가 없대요. 전부 가짜라고……

경찰이 피식 웃었다. 쓸데없는 이야기 그만하시고.

형법 제243조 음화반포의 죄, 그보다 정보통신망 이용촉진 및 정보보호 등에 관한 법률, 음란물 유포행위 처벌규정, 이 새끼 이거 보호관찰 때려야 하는 거 아니야, 이런 말이 오가는 동안 나는 뜬금없이 언젠가 들은 법 조항을 떠올렸다.

민법 제844조 1항 처가 혼인 중에 포태한 자는 부의 자로 추정한다.

나는 간호사가 내 팔을 몇 번이고 주무르던 순간을 기억하고 있다. 그날, 내가 죽은 날이었다. 그날 받은 검사가 혈액형 검사라는 것을 이미 알고 있던 나는 치를 떨었다. 아버지는 둘 다 BO라고 알고 있는 부부 사이에서 A형이 나올 리가 없다고 생각하고, 내가 초등학생이 되어 받은 첫 신체검사 결과를 맹신하며 날마다 어머니를 잡았다고 했다. 태어난 직후부터 평생에 걸쳐 O형으로 확정된 혈액형이 단 한 번 A형으로 오기되는 바람에 생긴 일이었다. 잘못 표기되었으리라는 어머니의 항변에 아버지는 직접 혈액형 검사를 받아 증명하지 않으면 믿지 못하겠다고 했다. 내일 데려가서 내가 그 친구에게 검사받게 할 거야, 그 말을 나는 안방 문틈에 귀를 대고 들었다. 아버지는 민법 제844조 1항 같은 건 알지도 못했을 것이고 그런 걸 알고자 하는 오쟁이 남자는 세상에 없다. 그런 법 조항이 생기기 전이나 후나 다름없을 것이다.

그래도 나는 그날의 나들이가 즐거웠다. 병원에 가기 전까지는.

간선버스라고 부르는 시내버스를 처음 타본 날이었다. 아버지는 부러 자가용을 몰지 않고 버스에 태워 나를 여의도에 데려갔다. 아빠 회사는 처음 가보는 거지? 아버지는 다정했고, 우리는 잠실에서부터 여의도까지 창밖을 구경하며 여행하듯 갔다. 아빠 회사는 저기야, 아버지는 63빌딩 근처 아무 빌딩이나 가리키며 말했다. 아버지 회사에 들어가볼 수 있을 줄 알았는데 우리가 간 곳은 장미아파트 근처에 있는 낡은 가정의학과였다.

의사는 아버지의 친구였다. 훗날 대학 시절 나는 그를 여의도 술집에서 우연히 마주치게 되었는데, 주변 의사들에게 절친한 친구의 딸이라고 소개하는 그를 나는 멍하니 바라만 봤다. 이제 보니 형수님과 똑같이 생겼네. 그 말에 반감이 들었고 나는 고개를 숙이며 사업 번창하세요, 인사하고 술집을 나와버렸다. 그 옛날 그가 옆에 어린 나를 앉혀두고 했던 말들을 기억한다. 혈액형이란 건 단순한 게 아니라 항원, 항체가…… 'Cis-AB형', 'weak-A', 'weak-B'의 사례를 봐도…… 그가 아버지를 설득하려 했다는 건 알고 있다. 중요한 건 그 말들보다 내게 남은 팔꿈치 안쪽의 감각이었다. 간호사는 아이가 워낙 말라서 혈관을 찾기가 힘드네요, 하면서 주삿바늘을 여러 번 찔러 넣었다. 이제 그만하면 안 돼요? 겁에 질린 내가 말할 때까지.

팟.

안경잡이 여자애, 잠깐 이리 올래?

UO에 갈 때, 나는 며칠 전에 구입한 빨간 뿔테 안경을 쓰고 있었다.

새파랗게 어린놈의 새끼가 어른들 물건이나 취급하고 말

이야, 너 임마, 양아치새끼는 아니라는 거 알고 봐주는 거야.
부장은 마치 공안 형사처럼 아이를 윽박질렀다. 아이는 촉법
소년에 관한 법률에 의해 처리될 것이라고 했다. 어른들 물
건. 나는 부장의 말에서 종말의 기운을 느꼈다. 나는 구글에
접속해서 처음으로 '서울' '길거리' '일반인' 그리고 '서울
거리 여자'를 쳐보았다.

　이것이 서울 피토레스크였다. 교수라면 그렇게 말했을 것
이었다. 1999년의 우리들이었다면 다 함께 이불을 뒤집어쓰
고 여긴 우리가 죽은 세상이야, 우리는 이곳에서 적응해서
살든지, 어떻게든 빠져나가려고 노력해야 해, 라고 말했을지
도 모른다.

　그런데 여기서 빠져나가면 다시 우리가 살아가고 있는 세
상이야. 나는 그렇게 말하고, 노스트라다무스를 구루로 모시
던 친구는 아니, 그곳은 암흑, 세상의 끝이지, 라고 말했을 것
이고, 버뮤다 삼각지대를 날마다 상상하던 친구는 우리는 세
상이 모르는 곳에 있어, 라고 말했을 것이며 우주 때문에 잠
못 자던 친구는 괜찮아, 유니버스는 무한하니까, 어디든 갈
곳이 있어, 라고 말했을 것 같다고 생각했다. 이런 이야기는
우리끼리만 하는 아주 내밀한 이야기였다.

　성기 노출만 아니었더라도 이런 개망신은 없었을 텐데, 부
장은 줄담배를 피우며 뇌까렸다. 마케팅팀 과장인 입사 동기

는 하필이면 왜 딱 그 부분, 그 부분이 클로즈업된 영상들에 꽂힌 거야, 어린놈의 새끼가, 하고 말했다. 나는 영상을 초 단위로 돌려봐야 했다. 경찰에 가기 전 확인해야 하는 부분 은 영상이 어디까지 정보통신법에 저촉되는지 여부였으므 로. 대학 시절 했던 과제가 떠올랐다. '시나리오 실기 특강' 이란 수업이었는데, 컷 단위로 영상에 쓰인 기법과 장면, 대 사를 텍스트로 옮기는 과제였다. 스터디룸에 모두 모여 시뻘 게진 눈으로 정지 버튼을 계속 누르며 정신없이 타이핑을 했 다. 그때처럼 나는 초 단위로 범죄 영상을 멈추며 어디까지 성기가 드러나는지 확인해야 했다. 여자의 얼굴이 선명하게 보였다. 남자 목소리가 들렸다. 이런…… 한동안 못 봐서 어 떻게 살아야 하노. 한없이 다정한 목소리였다.

영상을 분석한 날 동기와 술을 마셨다. 동기는 힘들었지? 물었다. 종말이 별거냐, 이런 게 종말이지. 마지막에 개 같은 꼴 본다 진짜, 하고 술을 들이켰다.

사실, 나도 성범죄 피해자야.

동기는 뜬금없이 고백을 했다. 그런 이야기를 들어본 적은 없었다. 나는 마른안주를 손으로 휘저으며 고개를 들지 못하 고 물었다. 언제? 어디서? 아, 이런 건 물어보면 안 되는데. 동기는 덤덤하게 말했다. 누구 하나 성범죄 피해자 아닌 사 람 있을까?

나는 고개를 들며 말했다.

나는 아닌데?

동기는 입꼬리를 올리며 그래, 내가 말실수했다, 대화를 마무리했다.

나는 아니었다.

나는 그날 잠깐 죽었을 뿐이었다. 일시적으로 눈이 멀었고.

그 일을 계기로 임사 체험에 관심을 갖게 되었고, 시력의 불안정함에 대해 생각하다 영상미디어과에 진학하게 된 것이었다. 나는 잠깐 죽었을 뿐이었는데 기억이 정확하지 않다.

그 일에 대해서 어머니는 섬세하지 못한 방식으로 나를 추궁했다.

기억이 안 난다니, 기억이 안 난다고? 너같이 기억력이 좋은 애가? 이유식 그릇 디자인까지 기억하는 너잖아. 빨리 자세히 기억해봐. 어떤 일을 겪은 건지.

그날 63빌딩 1층 비상구 너머에 있던 미확인 벙커에는 나혼자만 있었던 건 아니었다. 또 하나의 몽타주가 어른거렸다. 나는 그것의 생김새와 촉감, 냄새 따위를 기억하지 못한다. 마치 벽에 그려진 그림처럼, 내게는 점, 선, 면, 입체로 이루어진 오브제가 아니었다. 내게 오브제란 오직 그 공간이었다.

그런 내가 아버지의 담뱃갑 뒤에 인쇄된 실종 아동 사진을 보며 경기를 일으킨 것이었다.

아이를 찾습니다, 담뱃갑에 배포된 인쇄물에는 14세가량의 안경 쓴 소년이 있었다. 나는 그 사진을 보며 순간 거품을 물었다. 쟤야, 쟤, 쟤가 그랬어. 그 후의 일은 기억나지 않는다. 눈을 떠보니 어머니와 아버지가 양쪽에서 나를 내려다보고 있었다. 어머니는 물수건을 갈아주며 계속 물었다. 쟤가 누군데. 쟤가 뭘 했는데. 그때부터 나에게는 구체적인 감각이 아닌 관념으로, 14세가량의 안경 쓴 소년이 UO의 몽타주로 기억되기 시작했다. 교복을 입고 까까머리를 한 소년의 이미지 자체가 그대로 UO의 몽타주가 되어버린 것이다.

그리고 마치 플레어처럼, 잘못 들어간 빛이 풍경을 지우듯 여전히 삭제된 장면들.

안경잡이 여자애, 잠깐 이리 올래?

잠깐 와봐.

빨간 안경이 예쁘잖아.

나는 걸어가며 대꾸하고 있다. 야, 너도 안경잡이잖아. 왜 안경 썼다고 놀려?

뭐? 조그만 게 반항하는 거야?

그리고 기억이 없다.

차가운 벽. 튀어나온 뒤통수와 등줄기가 자꾸만 찬 벽에 닿았던 감각, 팟, 하고 터지던 플래시, 발목에 감긴 옷……

나는 종말을 믿고 구원을 기다리는 광신도처럼 더 이상 벙커에 붙어 있지 않기로 하고 회사에 사표를 냈다. 곧 타이완에 있는 본사에서 해산을 지시할 것이라는 소문이 돌기도 했다. 첫 직장이자 오랫동안 다닌 회사였는데 짐이라고 정리할 것도 별로 없었다. 사무실 책상 첫번째 서랍에 동기들이 가끔 넣어주곤 했던 초콜릿이나 캐러멜 따위를 보며 잠깐 울적해졌을 뿐이었다. 오랫동안, 사무실에서든 집에서든 인터넷 익스플로러 시작 페이지는 우리 회사 웹페이지였다. 바꾸고 싶었으나 무엇으로 바꿔야 할지 몰랐다. 소년이 올린 영상의 이미지가 잊히지 않았다. 나는 용기를 내서 웹하드 사이트에 접속해보았다. 성인물 카테고리에 '국산'이라는 네임카드가 붙은 게시물을 하나씩 클릭해봤다. 전부 비동의 유포 성적 촬영물이었다. "친구가 찍은 내 여친……" 나는 이토록 수많은 '일반인'들을 살아가면서 대면해본 적이 없었다. 댓글 창에는 "남자 목소리 들으니까 내가 아는 카센터 사장님 같은데" 따위의 방담이 가득했다.

죽은 자의 식별 초상 그 자체가 스펙터클이었죠. 모르그 디오라마를 설명하던 교수는 내내 얼굴이 창백했다. 그녀는 언제나 두꺼운 가죽 표지로 된 강의 노트를 들고 다녔다. 한 번이라도 그것을 훔쳐보고 싶다는 열망이 내겐 가득했다. 이제 와 드는 생각은 아마 교수가 언제나 끼고 다니던 그 노트에는 초상의 역사와 스펙터클 이론에 관한 정갈한 정리뿐만 아니라 가끔 견딜 수 없는 순간에 터져 나오는 방언 같은 말들도 곳곳에 적혀 있지 않았을까 싶다.

나는 처음으로 상담센터에 심리상담 프로그램을 등록했다.

상담사는 첫 만남부터 '기억 일지'를 쓰라는 과제를 내주었다. 기억이라면 내가 동네 최고다, 자부하던 나였다. 어머니가 말하듯 '이유식 그릇의 디자인' 같은 것, 내가 토끼가 그려진 젖병을 물고 있을 때 어머니가 아버지에게 '이제 그만 꺼져'라고 말했던 것, 그간 만난 담임교사의 성함과 그들의 프로필, 1997년 〈레터먼 쇼〉를 본뜬 〈이주일 쇼〉에 나와 당시 대선 후보 세 명을 똑같이 흉내 내던 코미디언들의 몸짓, 이런 것들을 나는 누구보다 정확히 기억한다.

그러나 어떤 부분에 대해서는 기억이 없다.

나는 상담 6회 차가 되도록 기억 일지를 제출하지 못했다.

상담사와는 초진 설문지와 몇 종의 테스트를 통해 '죽음'에 관한 생각을 나누었다. 당신에게 죽음은 매우 관념적이고 흥미로운 것이군요. 사실 자살이란 자해의 가장 극단적인 단계라고 보면 돼요. '자기가 원하는 특정한 방식의 죽음에 관한 그림이 있다'는 게 당신의 결론인데, 그런 사람은 자살할 수 없어요. 어린 시절 시력에 집착하거나 임사, 사후 세계에 빠져들었던 건 아마 다른 까닭이 있을 것 같은데……

상담사는 조심스럽게 물었다. 그녀는 섬세하게 추궁할 줄
아는 사람이었다.

어떤 일이 당신을 PTSD 환자로 만들었을까요? 최근에 그
영상 말고, 어린 시절에 말이에요.

어린 시절에 항상 우울했어요. 신체검사 기록은 잘못 나오
고, 부모는 그걸 두고 싸우고, 아버지가 나를 두고 친자인지
의심했죠. 나들이를 가장해서 병원에 데려가서 혈액형 검사
를 시켰고요. 그런데 그 시절 세기말적 정서는 저희 또래 무
리들에게는 너무 흔한 것이어서 죽음, 종말, 뭐 이런 단어에
매혹되었던 건 그리 특별한 것 같지 않아요.

상담사는 내 눈을 빤히 들여다봤다.

지금도 논리적으로 말하려고 애쓰고 있네요. 그냥 말해도
돼요.

그때 내게 불현듯 교실에서 친구들이 종이로 얼굴을 가리
고, 슬금슬금 다가오며 불렀던 노래가 기억났다.

하나 둘, 프레디가 온다. 셋 넷, 문을 잠그고, 다섯 여섯, 십
자가를 쥐어라……

나는 눈이 멀었던 적이 없었다. UO의 몽타주가 제 교복
셔츠의 넥타이를 풀어 내 눈을 감겨버렸기 때문에 암흑에 갇
혔을 뿐이었다. UO는 컴컴해서 플래시가 터졌고, 그때 내게
는 실제로 들리지 않았을 소리, '팟' 하는 소리가 환청처럼

들렸으며, 그때 영혼이 달아났다. 담배를 피우러 다녀온 아버지는 비상구 문 앞에 쓰러져 있는 나를 발견했다.

나는 상담사에게 대답했다.

나는 죽었던 적이 있어요.

(나는 발가벗겨진 채 사진을 찍혔고) 그때 죽었어요.

세실, 주희

공교롭게도 오늘이 바로 화요일이었다. 주희는 '참회의 화요일'이란 말은 오늘 같은 날에 딱 어울린다고 생각했다. 참회의 화요일이 지나면 '재의 수요일'이 온다고 했다. 그날 이 사순절이 시작되는 때라고도. 주희는 예수교를 믿지 않았고 사순절이라는 말을 들어본 적도 없었다. 사순절은 예수교, 구교의 신자들이 이마에 재를 바르고 예수그리스도의 고난을 돌아보며 40일간 금식과 묵상을 하는 교회력의 절기라고 했다. 참회와 금욕의 절기라는 설명을 들었을 때 주희는 언젠가 잡지에서 본 트라피스트 수녀원의 사진을 떠올렸다. 한여름에 밀짚모자를 쓰고 논일을 하는 수녀들의 모습이 담긴 사진이었다. 자급자족 공동체에서 묵묵히 땅을 일구는 수녀원의 노동자들, 극기의 수도 생활을 감수하는 수녀들의 이미지.

마르디 그라Mardi Gras, 참회의 화요일. 그날, 뉴올리언스의 펍에서 처음 들은 말이었다. 참회의 화요일은 '기름진 화요일'이라고도 불렸다. 단식을 해야 하는 사순절이 시작되기 전 마음껏 먹고 즐기는 날이라는 뜻에서라고 했다. 오늘이 바로 그 축제의 정점이라며 둘러앉은 사람들이 떠들었다. 듣고만 있던 주희가 그들에게 트라피스트 수녀원에 대한 이야기를 하자 다들 웃음을 터뜨렸다. 역시, 역시 동양 여자. 그 말을 지껄였던 녀석의 이름도 얼굴도 기억나지 않았다. 그 자리에 같이 있던 사람들 중 누구도 친구가 아니었다. 주희는 미국 여행 내내 아무에게나 다가가 말을 걸고 눈인사를 하며 거리낌 없이 '친구'라는 호칭을 쓰는 J가 불편했다. 하지만 그녀가 아니었다면 미국 여행은 꿈꿔볼 수도 없었으므로 주희는 불만을 털어놓을 수 없었다.

어디서부터 문제였던 걸까. 주희는 생각했다. 그날 너무 취했기 때문에? 잘 마시지도 못하는 술을 즐겨본다고 펍에 들렀기 때문에? 외국 여행을 하면 펍에 한번 들러보고 싶었기 때문에? 그러나 사태의 원인이 자기 탓만은 아닌 것 같다는 생각도 들었다. 주희는 줄곧 J를 따라다녔다. 그렇기에 다른 방식으로 질문을 던져볼 수도 있었다. J가 가보자고 했기 때문에?

주희는 J를 따라다니기만 하면 되었다. 뉴올리언스는 그녀가 어릴 때 살았던 곳이었다. 행선지를 전부 그녀가 정했고 숙소 역시 그녀의 친척집이었다. 저렴한 경비에 숙소를 얻어 주희는 J에게 그저 감사했다. 그 일이 있기 전까지는. 그날 주희를 펍에 데려간 사람도 그녀였다. 가볼래? 펍에 가기 전에도, 마르디 그라 축제 한가운데 뛰어들기 전에도 그녀는 주희의 의사를 존중하듯 그렇게 물었다. 주희는 평소처럼 고개를 끄덕였던 그때의 자신을 깊이 저주했다.

싸구려 자개와 구슬을 잔뜩 엮은 목걸이를 목에 걸고, 사방에서 터지는 핸드폰 카메라 플래시에 눈이 동그래져 어리둥절하게 서 있는 자기 모습이 머릿속에서 지워지지 않았다. 끝내 몰랐다면, 동영상의 존재를 알지 못했다면, 이렇게까지 끔찍한 기억으로 남지는 않았을 것이다. 여권에 찍힌 미국 입국 기록을 보며 흐뭇해할 수도 있었다. 한낮의 버번 스트리트와 로열 스트리트 쇼핑몰은 주희에게 천국이었다. 주희는 그곳에서 수많은 화장품을 눈에 담았다.

그 일은 8일의 여행 기간 중 단 하루, 그것도 아주 잠시 동안 벌어졌을 뿐이다. 펍에서 나와 10분 정도 걸었을 때였다. 군중에 휩쓸려 물에 떠내려가듯 걷던 그때를 주희는 생생하게 기억했다. 그들이 버번 스트리트에 도착했을 때는 새벽이었고 화려한 퍼레이드는 이미 끝나 있었지만 술과 마약에 취해 비틀거리는 사람들이 태반이었다. 흥분한 사람들이 거리에서 술을 마시고 고함을 지르는 풍경은 클럽을 출입하는 젊은이들로 가득한 홍대나 이태원 거리의 모습과 다를 게 없었다. 분명 쌀쌀한 늦겨울이었으나 국가 대항 축구 경기에서 승리감을 맛본 사람들의 폭발적인 함성이 흘러넘치는 뜨거운 여름밤 같다고도 주희는 생각했다. 문득 자신을 둘러싼 남자들이 같은 구호를 외치고 있다는 것을 깨닫기 전까지는. 주희는 왜 남자들이 자신을 둘러싸고 있는지 알지 못했다. 그날 처음 펍에서 만난 녀석들도 J도 보이지 않았다. 분명 다 같이 걷고 있다고 생각했는데…… 주희는 겁에 질려 들고 있던 플라스틱 맥주컵을 꼭 쥐었다. 남자들이 주희를 가운데 세운 채 원을 그리며 빙글빙글 돌았다. 주희를 에워싼 행렬의 밀도가 높아지며 그들이 외치는 구호가 더욱 또렷하게 주희의 귀에 박혔다. 순간 어떤 손이 주희의 목덜미를 스쳤다. 주희는 자신의 목을 내려다봤다. 자개와 구슬이 섞인 비즈 목걸이가 걸려 있었다. 주희 바로 옆에서 남자들이 외치는 구호와 골목에 면해 다닥다닥 붙은 맨션과 클럽의 베란다에서 이쪽을 내려다보며 외치는 사람들의 구호는 같았다.

"Show your tits! Show your tits!"

그 순간이 동영상에 박제되어 있었다. 주희의 한 대학 친구가 여기에서 널 봤어, 어서 들어가봐, 하고 다급하게 문자를 보내왔다. 'yeslut'이라는 사이트 이름을 본 주희는 소스라치게 놀랐다. 친구가 보내준 주소를 클릭하자 사이트의 'Mardi Gras' 카테고리에 게시된 주희의 영상이 떴다. "Mardi Gras, nice asian slut 43%"라는 제목을 달고 있었다. 동그래진 눈으로 멈춰 서서 사방을 둘러보는 주희의 모습이 18초 동안 이어졌다. 비즈 목걸이를 걸던 남자가 주희의 어깨에 바짝 붙어 있었다. 어서 입고 있는 니트를 들어 올려! 네 벗은 가슴을 보여달라고!

그 골목에서 남자들은 아무에게나 가슴을 보여달라고 외쳤고, 술에 취한 어떤 여자들은 목걸이를 받고 정말로 가슴을 보여줬다. 뒷골목에서는 더한 일도 벌어지는 것 같았다. 주희는 그날 봤던 풍경을 떠올리며 골목 안으로 빨려 들어가듯 마르디 그라 게시판에 있는 또 다른 여자의 영상을 재생했다. 'Slut 97%' 영상 속 그녀는 자신을 찍는 카메라에 브이를 그려 보이며 옷을 전부 벗어 들고 흔들었다. 목걸이를 어찌나 많이 걸쳤는지 목이 툭 꺾일 것 같았다. 주희가 용기를 내서 다시 자기 영상을 재생했을 때, 끝내 옷을 벗지 않은 자신의 얼굴이 클로즈업되며 그 위로 영어 자막이 지나갔다. "우린 네 얼굴을 알고 있어, 쌍년아."

그것이 사순절을 맞이하는 마르디 그라였다. 동영상을 보

게 된 날은 하필 화요일이었고 주희는 오늘 같은 날이야말로
참회의 화요일이란 말에 적합하다고 생각했다.

*

　명동에서도 번화가 한가운데에 있는 쥬쥬하우스에는 외
국인 고객이 압도적으로 많았다. 주희는 뉴올리언스에 다녀
온 직후 쥬쥬하우스에 취직했다. 쥬쥬하우스는 국내 최대의
뷰티 편집숍으로 전국에 수많은 체인을 갖고 있었다. 그중에
서도 명동 쥬쥬하우스는 가장 규모가 컸다. 주희는 쥬쥬하우
스에서 매니저로 일하고 있다는 것에 자부심을 느꼈다. 쥬쥬
하우스의 제품은 서울에 여행 온 외국인이 가장 선호하는 기
념품이었다. "한국 화장품은 가격이 저렴한 데다 품질이 우
수합니다." "역시 한국 화장품은 세계 최고입니다." SNS에
쥬쥬하우스를 검색하면 그런 품평들이 쏟아졌다. 주희는 수
시로 'JUJUHOUSE'와 'JUJUHOUSE, Myeongdong'이라
는 태그를 넣어 검색했다. 'Koreanbeauty'라는 태그를 함
께 달고 있는 경우가 많았다. 주로 외국인을 상대하다 보니
주희는 그들이 떠올리는 한국의 이미지가 대체로 어떤 것인
지 알 수 있었다. 한국 드라마와 K-pop의 높은 인기는 이제
'Korean beauty'에 집약되어 있었다. 드라마에 출연하는 여

배우들과 무대에 서는 걸그룹 멤버의 이미지 덕택이었다. 명동 화장품 거리는 성형외과가 밀집되어 있는 신사동과 함께 코리안 뷰티의 상징이었다. 전 세계 여성을 잠재 고객으로. 신사동과 명동만큼 여성을 환대하는 공간이 서울에 또 있을까? 주희는 그런 생각을 해보기도 했다. 코리안 뷰티의 상징 중에서도 상징인 명동 쥬쥬하우스의 매니저라는 자부심 끝에는 그 여행의 기억이 불쑥 떠올라 괴롭기도 했다.

"역시 한국 여자는 예쁘고 스타일이 좋은 것 같아요."

주희는 뉴올리언스의 어느 골목에서 그런 말을 들었었다. 그리고 얼마 전, 세실에게서도.

나카소네 세실(仲宗根セシル)은 주희보다 반년 늦게 입사한 일본인 직원이었다. 명동점의 주요 고객이 외국인인 터라 매니저도 대부분 외국인이었다. 그들 상당수가 중국인과 일본인이었고, 한국어는 그다지 잘하지 못했다. 세실은 명동점에서 일하는 외국인 직원 중 가장 한국말을 잘했다. 한국인 고등학생 무리가 왁자지껄 떠들어대며 물어봐도 당황하지 않고 응대하는 세실을 보며 주희는 감탄했다. 한국인 고객이 질문할 때마다 자신의 팔을 잡아끌던 다른 직원들과는 확실히 달랐다.

주희는 언젠가 세실에게 물어본 적이 있었다.

"세실은 왜 한국에 왔어요?"

"유노윤호 때문에요."

세실은 들떠 있었다. '유노 때문에'라고 세실은 거듭 말했다. 유노윤호가 소속된 그룹 동방신기는 오랫동안 일본에서 활동했다. 일본 사람들에게 '유노'가 얼마나 편안한 발음이었을지 주희는 생각했다.

"윤호는 일본에서도 볼 수 있지 않아요?"

"주희 씨는 연예인을 좋아해본 적 없죠?"

세실은 미소 지으며 말했다. 광주에 가본 적 있어요? 서울에서 기차를 타고도 한참 가야 한다면서요? 광주가 유노의 고향이에요. 휴가를 받으면 남부 지방 광주에 꼭 가보려고요. 유노가 살던 동네랑, 그가 다닌 고등학교에도.

주희는 세실이 말한 '광주'를 곱씹었다. 세실이 발음하기에는 어려운 단어인 것 같았다. 수원에서 태어나 자란 주희 역시 전라도 광주에 가본 적은 없었다.

"그래도 윤호 때문만은 아니죠?"

"아니, 유노 때문이에요."

그 말을 끝으로 그날의 대화는 끝났다. 주희로서는 결코 이해할 수 없는 삶이었다. 좋아하는 연예인 하나 때문에 외국인 노동자로 살아가는 삶. 주희에게도 한국이 아닌 다른 나라에서 살고 싶다는 욕망이 있기는 했다. 어렸을 때부터 열심히 영어를 공부한 것도 그 때문이었고 틈만 나면 워킹홀

리데이나 청년 레지던시 프로그램을 검색해보기도 했다. 그런데 고작 유노윤호 하나 때문이라니.

입사한 지 두어 달이 지났을 즈음 세실은 주희에게 갑작스러운 제안을 했다.

"부업하지 않을래요? 주말 중에 단 하루만 내게 시간을 내주면 돼요."

*

주희는 동영상을 보게 된 후 자주 악몽에 시달렸다. 그 꿈에서 겁에 질려 서 있는 자신을 남자들이 에워쌌다. 당시에는 자신이 겪은 일이 얼마나 끔찍한 종류의 것인지 알지 못했다. 한국에 돌아올 때 비즈 목걸이를 챙겨 오기까지 했었다. 주희 옆에 바짝 붙어 그 니트를 들어 올려,라고 낮은 목소리로 재촉하던 남자가 건 목걸이를. J가 축제에서 비즈 목걸이를 열 개나 받았다고 즐겁게 이야기했기 때문이다. 그러면 너도 가슴을 보여주고 받았어? 주희는 그렇게 묻지 않았다. 알아서 잘했겠지. 바보 같은 선택은 절대 하지 않는 너니까. 주희는 J를 물끄러미 바라보며 그렇게 생각했을 뿐이다.

언젠가 런던의 펍에서 8개국 친구들과 모여 앉아 각자의 모국어로 「인터내셔널가」를 합창했다는 J의 이야기를 들으며 주희는 거리감을 느꼈다. 나는 한국 버전으로 한 소절, 북한 버전으로 한 소절, 그렇게 불렀잖아. 친구들이 환호성을 질렀어. 주희는 「인터내셔널가」를 들어본 적도 없었다. 그날 뉴올리언스의 펍에서도 J는 유창한 영어로 사람들과 방담을 즐겼다. 그녀는 어디로 여행을 가든 현지인과 대화하는 것이 가장 큰 즐거움이라고 했다. 멍청한 한국 애들이랑은 말도 섞기 싫다는 게 J의 말버릇이었다. 토론 같은 건 할 줄 모르고 그저 언성만 높일 줄 아는 멍청이들. 그런 말을 들을 때마다 나도 그랬었나, 주희는 곱씹어봤다. 그날 펍에서도 J는 처음 만난 사람들에게 서슴없이 친구라고 하며 진지한 이야기를 나눴다. 주희는 대화에 거의 끼지 못했다. 영어는 문제가 아니었다. 뉴올리언스에 오기 전에 나름대로 검색해본다고 해봤지만 주희는 마르디 그라에 대해서도, 2005년 뉴올리언스 전체를 비극에 빠뜨린 허리케인 카트리나에 대해서도 알지 못했다. 겨우 한마디 하면 곧바로 대화의 맥이 끊겨버리곤 해서 차라리 입 다물고 앉아 있는 게 편했다. 이쪽을 쳐다봐주지 않는 J만 애타게 바라보면서.

인터넷에는 뉴올리언스 여행 후기와 더불어 마르디 그라에 대한 찬사가 넘쳐났다. 비즈 목걸이만 건네주면 여자들이 가슴을 보여주기도 한다니, 남자들에게는 최고의 축제 아닌가요? 마르디 그라는 자유와 해방의 축제입니다. 주희는 쌍욕을 뱉으며 마우스를 집어 던졌다. 왜 내가 포르노 사이트에 올라 있어야 하지? 나는 옷을 벗지도 않았는데? 거기 가만히 서 있기만 했는데. 그런 걸 보고 좋아하는 그들의 고객이 존재한단 말이야? 포르노 사이트 링크를 보내준 친구에게 말하고 싶었으나 주희는 곧 마음을 돌렸다. 애초에 너는 어떻게 거기서 나를 발견했던 거니. 왜 그 사이트에 접속했던 거니. 그에게 물어볼 수 없었다. 97퍼센트라는 그 여자는 자기 모습이 포르노 사이트에 전시되어 있다는 걸 알고 있을까. 당신은 대체 어떤 좆같은 해방감에 취해 옷을 다 벗었던 건가요?

주희는 문득 세실에게 털어놓고 싶었다.

세실이 없는 방에서 그녀를 기다리며 주희는 이런 이야기를 하면 세실이 어떻게 반응할까 생각했다. 자신의 얼굴이 포르노 사이트에 걸려 있다는 이야기를 세실에게 털어놓는다면. 하지만 세실에게는 결코 이야기할 수 없을 것이다. 주희는 세실의 방에 처음 오던 날을 생각했다.

일요일 오후 두 사람은 명동 입구에서 만났다. 세실의 제안은 일요일 오후를 자신에게 써달라는 것이었다. 세실은 그 말을 한국어로 했다. 나 한국어 공부해야 돼요. 더 잘해야 돼요. 세실은 돈을 줄 테니 일요일 오후에 자신의 고시원에서 한국어 능력 시험 준비를 도와달라고, 한국말로 대화하며 시간을 보내달라고 했다. 자신도 유노의 모국어인 한국어를 유창하게 구사하고 싶은데 쥬쥬하우스에서 일하는 것으로는 도통 한국말을 배울 수가 없다고 했다. 세실이 주로 상대하는 고객은 일본인들이었다.

세실이 살고 있는 곳은 신당동 뒷골목의 고시원이었다. 수업하기로 한 첫날 명동 입구에서 만나 함께 지하철을 타러 가는데 세실이 환전소 앞에서 발걸음을 멈췄다. 잠시 들렀다 오겠다던 세실이 긴 머리를 묶은 뚱뚱한 남자와 웃으며 나왔다. 하이파이브를 하며 헤어지는 두 사람은 퍽 친근한 관계로 보였다. 주희는 저도 모르게 인상을 찌푸렸다. 초겨울에 늘어진 러닝셔츠를 입은 남자의 행색이 꼴사납다고 생각했다. 세실은 주희의 눈치를 살피며 말했다.

"아, 마모루 상, 다카키 마모루 상. 내 친구예요. 주희 씨 예쁘다던데요."

주희는 그 말에 기분이 상했지만 내색하지 않으려 애쓰며 세실과 함께 역으로 향했다. 하지만 지하철 안에서도 주희는 내내 그 남자를 생각했다. 왠지 좋아 보이지 않았다. 남자의 험상궂은 얼굴이 자꾸 떠올랐다. 세실은 지하철에서 내려 고시원까지 가는 길에도 몇 사람과 더 인사를 했다. 주희의 눈에는 하나같이 가난하고 초라해 보이는 남자들이었다. 주희는 이런 생각이 자신을 더욱 초라한 사람으로 만든다는 것을 알았다. 그래서 더욱 불쾌했다.

주희로서는 대학을 졸업한 뒤로 처음 가보는 고시원이었다. 대학 때 친구들은 고시원에 많이 살았었다. 주희도 본가가 수도권에 있지 않았다면 고시원에 살았을 것이다. 아무리 좋아졌다고 해도 고시원이라는 곳은 여전히 사람을 우울하게 했다. 세실이 사는 곳은 '소호텔'이라는 이름을 달고 있었다. 손바닥만 한 창문과 화장실이 딸렸다는 이유로 터무니없이 비싼 돈을 월세로 받을 것이 분명했다. 세실은 환하게 웃으며 발랄하게 말했다.

"내 방 괜찮죠? 방음도 무척 잘돼요. 그렇지 않았다면 여기서 한국어 공부를 할 수 있을 리가 없죠!"

세실은 공동 주방에서 간식거리를 만들어 오겠다고 했다. 그 후에도 세실은 주희가 찾아갈 때마다 공동 주방에서 간식거리를 만들어 왔다. 세실이 자리를 비운 방에서 매번 주희는 그녀의 흔적을 둘러보며 심란해졌다. 1인용 침대와 작은 책상 하나, 안이 훤히 들여다보이는 투명한 화장실 문, 옷장 옆 커다란 캐리어…… 그럴 때면 침대맡에 걸린 커다란 유노윤호의 사진을 가만히 노려보기도 했다.

첫날 주희와 세실은 다퉜다. 그날 바로 화해하지 않았다면 일요일 오후의 한국어 과외는 없던 일이 되었을 것이다. 세실은 그날, 환전소 직원부터 신당동 떡볶이집의 아르바이트생까지 고시원으로 오는 길에 만난 일본 남자 대부분이 주희의 외모를 칭찬했다고 말했다. 주희는 그런 말을 좋아하지 않았다. 동영상을 본 이후에는 더욱 그랬다. 세실은 그런 말을 칭찬이라고 여기는 모양인지 계속 떠들어댔다. 마모루 상역시 예쁘다고 잘 말하지 않는 사람인데, 나도 놀라버렸어요. 하지만 주희 씨는 특히 일본 남자들이 좋아할 얼굴이니까. 귀여운 느낌이니까. 다음 말을 들으며 주희는 순간 귀를 의심했다.

"주희 씨도 성형을 좀 했겠죠? 한국 여자분들은 성형을 많이 하니까요. 보편적으로."

주희는 그녀가 '보편적으로'라는 단어를 안다는 사실과, 그렇게 무례한 말을 웃는 얼굴로 한다는 사실에 모두 놀랐다. 주희는 인상을 찌푸리며 대꾸했다.

"세실 상, 그런 말은 하는 거 아니에요. 일본에선 그런 말을 아무렇지도 않게 하나요?"

"왜요? 미인이라서 그런 건데요. 또 한국 여자는 성형을 많이 하기도 하고요."

"한국 여자가 성형을 많이 한다고요? 그러면 일본 여자 대부분은 AV를 찍나요?"

세실의 얼굴이 굳어졌다. 주희는 자기 말에 놀랐지만 계속 말을 이어갔다.

"그런 말과 같은 거예요. 알겠어요?"

입을 꼭 다물고 있던 세실이 울기 시작했다. 주희는 한 시간 동안이나 세실을 달래야만 했다. 미안하다는 말을 거듭하면서. 그날은 그걸로 끝이었다. 헤어지며 세실은 주희에게 돈을 챙겨 주려 했다. 받지 않으려 하는 주희에게 세실은 기어코 돈을 건네주었다.

"내가 바라는 게 그냥 이런 거예요. 대단한 공부 이런 게 아니고, 나와 대화해주는 거요. 아무튼 다시는 주희 씨를 화나게 하는 말은 하지 않을게요."

다음 날 쥬쥬하우스에서 마주친 세실은 주희의 앞치마 주머니에 뭔가를 집어넣더니 빠른 걸음으로 자리를 떴다. 한국인들에게 인기가 높은 일본 가네보사의 폼 클렌저 '에비타'였다. 장미꽃 모양 거품이 나오는 것으로 유명했다. 폼 클렌저에 포스트잇이 붙어 있었다. 주희 씨, 미안해요. 실수하지 않을 거예요. Cecil. 주희는 퇴근하기 직전 답례로 파우치에 있던 새 립스틱을 부랴부랴 세실에게 건넸다.

그런 세실에게 포르노 비슷한 어떤 단어도 운운할 수 없었다.

세실이 준 폼 클렌저를 다섯 번 정도 사용했을 때, 주희는 가네보사의 리콜 사태를 보도한 인터넷 기사를 봤다. 가네보 화장품을 사용한 사람들에게 피부에 하얀 반점이 생기는 백반증이 일어났다는 것이었다. 인터넷을 검색해보니 면도칼로 피부를 한 꺼풀 벗긴 것 같은 끔찍한 사진들이 쏟아졌다. 주희는 머릿속이 새하얘졌다. 문제가 된 상품은 다행히 세실이 선물한 폼 클렌저는 아니었다. 전량 리콜하기로 결정했다는 또 다른 기사의 제목 아래로 검은 양복을 입은 가네보의 임원들이 머리를 숙인 사진이 있었다. 검버섯이 핀 노인들이었다. 기사 아래에는 "가네가후치 방적의 후손들이지. 전범 기업 꼴좋다!" "자민당에 뒷돈 대주는 늙은 여우들 이제 그만 망해버려라!" 등 알 수 없는 내용의 댓글들이 가득했다. 주희에게 '가네보'라는 이름이야 여느 유명 화장품 브랜드만큼이나 익숙했지만 '가네가후치 방적'이란 말은 난생처음 듣는 것이었다. 주희는 가네보 리콜 사태를 다룬 기사를 몇 개 더 읽어봤다. 가네보는 몇 년간 일본 화장품 중에서도 가장 높은 인기를 끈 브랜드였다. 돌연 수입이 중단된 이후에도 웃돈을 주고 구입하려는 사람들이 적지 않았다. 주희가 관리자로 활동했던 뷰티 커뮤니티인 파우더룸에도 값비싼 가격에 중고 매물이 올라오곤 했다. 주희도 면세점이나 직구를 통해 구입한 적이 있었다. 가격에 비해 품질이 우수한 것은 물론 무엇보다 패키지가 예뻤다. 가끔 파우더룸에 "나는 절대 일본 전범 기업의 제품은 쓰지 않을 것입니다"라는 제목으로 비장하게 올라오는 글들이 있었다. 주희는 파우더룸에 접속해 '전범 기업'이나 '우익 단체 지원'과 같은 단어로 검색해 나오는 글들을 읽어봤다. 게시글 작성자가 정리해놓은바 화장품 및 생활용품 기업만 해도 셀 수가 없었다. 시세이도, 가네보, 오르비스, DHC, 안나 수이, 도브, 멘소래담, 슈우에무라, 이세이 미야케, 겐조, 마죠리카…… 전부 한국에서도 유명한 브랜드였다. 이 제품들은 앞으로 절대 구매하지 않겠다는 댓글도 있었지만, 일본의 오래된 기업 대부분이 식민 통치나 전쟁에 협력했을 텐데 이 수많은 브랜드를 어떻게 다 피할 수 있겠느냐는 댓글도 있었다.

나는 왜 한 번도 이런 문제에 대해 고민해보지 않았을까, 주희는 생각했다. 주희는 더 이상 파우더룸의 관리자가 아니었다. 쥬쥬하우스에 입사할 때 파우더룸에서의 활동 경력으로 가산점을 받았지만, 입사한 직후 임원의 권고에 따라 활동을 그만두었다. 고등학생 시절부터 주희는 파우더룸에 붙어 살았다. 주희의 색조 화장품 발색 리뷰는 매번 높은 조회수를 기록했고, 그러다 보니 개인 협찬도 많이 받아 어느덧 협찬 화장품 홍보 게시물을 올리는 게시판 관리자가 되었다. 파우더룸은 최대 규모의 온라인 화장품 커뮤니티였기에 협찬이 끊임없이 들어왔다. 수없이 많은 화장품 회사와 연락을 했지만 그중 어느 곳이 '전범 기업'인지에 대해서는 한 번도 고민해본 적 없었다. 절친한 친구가 너는 어떻게 동물실험을 하는 화장품 회사까지도 홍보해줄 수 있느냐며 따져 물었을 때도 그저 화들짝 놀라고 말았을 뿐이었다. 주희에게 품질 외에 다른 것은 고려 사항이 아니었다. 그러나 지금은 쥬쥬하우스의 매니저였다. 만약 쥬쥬하우스가 어떤 심각한 범죄를 저지른 단체나 사람과 연루되어 있다면 그건 자신뿐 아니라 세실에게도 매우 곤란한 문제일 것 같았다.

이런 생각을 하다가도 주희는 자신의 멍청한 얼굴이 담긴 동영상이 떠올랐다. 동영상을 본 이후 주희에게는 모든 화요일이 참회의 화요일이 되었다. 주희는 자신을 그곳으로 데려간 J에게 한 번도 따져 묻지 않았다. 왜 버번 스트리트의 한가운데, 가슴을 까라고 요구하는 남자들이 우글거리는 골목에 자기를 버려두고 떠났냐고. 뉴올리언스에서 어린 시절을 보냈다면 축제가 끝난 새벽의 버번 스트리트에서 어떤 일이 벌어지는지 당연히 알고 있지 않았냐고. 어린아이처럼 줄곧 널 따라다니던 나를 왜 거기 그냥 두고 떠난 거냐고. 뉴올리언스 여행을 다녀온 후 주희는 J와 자연스레 소원해졌다. 하지만 주희는 버번 스트리트에서의 그 일이 J의 악랄한 의도 때문에 벌어진 건 아니라고 믿고 싶었다.

주희가 'yeslut' 운영자의 이메일 주소를 알아내 메일을 쓰기로 마음먹었을 때, 세실에게는 네번째 작문 숙제가 주어졌다. 주희는 평소처럼 일요일 오후에 세실을 만나러 갔다. 기본 교재 외에 뉴스와 칼럼 등을 복사한 자료를 가지고서였다. 처음 과외 제안을 받았을 때, 자신은 한국어 능력이 뛰어나지도, 글쓰기와 책 읽기를 좋아하지도 않아서 시험 준비에 도움이 되지 않을 것이라고 주희는 세실에게 말했었다. 세실은 어차피 시험 준비를 하는 건 한국어 공부를 더욱 열심히 하기 위한 계기를 마련하려는 것이지 점수에 큰 욕심은 없다고 했다. 자신이 바라는 건 그저 한국어로 많은 대화를 하는 거라고 세실은 몇 번이나 말했다. 그래도 그녀에게 돈을 받고 하는 일인데 시간을 때우며 놀기만 할 수는 없었다. 주희는 세실에게 작문 숙제를 내줬다. 나의 고향, 가족, 어린 시절, 취미, 꿈…… 주희가 생각하기에 가장 쉬운 글쓰기 주제였다. 세실과 헤어져 돌아오는 길에는 핸드폰 메모장에 작문을 해보기도 했다. 정해진 주제로 글 쓰는 일은 주희로서도 오랜만이었다.

세실과 주희는 언제나 고시원 방에서 한 시간쯤 한국어 교재로 공부를 하고 잡담을 나누다 나가서 밥을 사 먹고 근처 카페에서 작문을 검토했다. 밥값이나 커피값은 항상 세실이 계산했다. 헤어질 때 세실은 지갑에서 현금을 꺼내 주희 앞에서 차분히 세어본 후 건네줬다. 세실이 준 돈은 교통비와 커피값으로 쓰였다. 주희는 나쁘지 않은 벌이라고 생각했다.

나는 1995년 도쿄 시부야에서 태어났습니다. 어머니는 1970년생, 나카소네 모리오입니다. 내가 어릴 적에 부모가 이혼했습니다. 우리 집은 가난했습니다. 나는 대학을 가지 못했습니다. 어차피 공부도 잘하지 못했습니다. 나는 유노윤호를 좋아합니다. 그래서 한국에 깊은 관심을 갖게 되었습니다. 매일같이 한국 아이돌의 무대를 감상하고 한국 드라마를 보고 한국 패션잡지를 읽었습니다. 그러다 한국어를 공부하게 되었습니다. 내게는 영어보다 한국어를 배우는 것이 더 쉽게 느껴집니다.

주희는 세실과 비슷한 주제로 이렇게 썼다.

나는 1993년 수원 영통에서 태어났다…… 아…… 할 말이 없다…… 생각보다 어렵구나…… 아버지는 엄하고 어머니는 자상…… 아 너무 진부하잖아…… 나는 코덕이다. 코즈메틱 덕후. 명동 쥬쥬하우스에서 일하고 있으니 나름 성공한 덕후다.

주희는 세실의 작문을 보며, 맞춤법과 띄어쓰기를 신경 쓰지 않고 문장을 대충 만들어낼 수 있다는 것 자체가 모국어 사용자로서 자신이 가진 권력이라는 것을 깨달았다. 뉴올리언스에서 J도 그랬다. 모국어는 아니었지만 J는 영어에 능통했다. 주희는 문법에 맞지 않게 말할까 봐 매번 신경을 곤두세웠고, 짧은 메모를 쓸 때도 스펠링 하나하나 꼼꼼히 따져봐야 했으나 J는 그러지 않았다. 주문서에 "pork lib"이라고 쓰는 J에게 스펠링이 틀렸다고 조심스럽게 알려주자 J는 대수롭지 않게 아 그러네, 하고 고쳐 썼다. 주희였다면 대번 얼굴이 빨개졌을 것이다. 주희는 맞춤법을 틀리지 않으려고 꼼꼼하게 적어낸 세실의 작문을 보며, 한국어를 배우는 외국인이 보통의 한국인들보다 오히려 더 정확한 문장을 구사하지 않을까 생각했다.

'부탁드립니다. 제 얼굴이 찍힌 영상을 지워주세요. 저는 평범한 시민입니다. slut이 아닙니다.'

영작을 하던 순간에도 주희는 그 생각을 했다.

*

나의 할머니(외할머니), 어머니의 어머니인 와타나베 세이젠은 내가 아주 어릴 적부터 할머니의 어머니(曾祖母) 이야기를 많이 들려주었습니다. 1945년에 돌아가신 할머니의 성함은 이마이 사쿠라코예요. 어머니는 싱글맘이었고 우리 집은 가난했어요. 소학교 시절에 친구들은 우리 집에 욕조가 없다고 놀렸어요. 어머니는 시내의 빵집에서 점원으로 일했고, 나는 여벌의 교복도 체육복도 마련하기 어려울 정도로 매우 힘들었습니다. 그래도 내게는 자부심이 있었어요. 나는 이마이 사쿠라코 할머니의 후손이라는 자부심. 비록 4대손인 나에게까지 후생성 유족연금이 지원되진 않았지만, 세이젠 할머니는 사쿠라코 할머니의 남겨진 딸로서 국가의 배려를 받고 살아가고 있죠. 세이젠 할머니는 내게 아무리 삶이 어렵고 힘들어도 사쿠라코 할머니의 후손이라는 걸 잊지 말아야 한다고 언제나 말해주었습니다. 세일러문은 네 엄마의 할머니, 이마이 사쿠라코 할머니야. 이마이 사쿠라코 할머니와 동료와 학생 들을 기억하려고 만든 것이 바로 세일러문이란다. 나는 할머니의 가르침을 잊지 않으려고 합니다.

1945년에 돌아가신 이마이 사쿠라코 할머니는 히메유리 학도대의 인솔 교사였습니다. 소학교 3학년 때 오키나와에 평화학습 수학여행을 가서 '히메유리의 탑'을 처음 보았어요. 그게 우리 曾祖母를 기억하는 탑이었습니다. 1945년 오키나와 전투에서 미군의 공격을 받기 전에 여학생들을 인솔해서 명예롭게 자결하신 우리 할머니, 사쿠라코 할머니의 군대 '히메유리 학도대'를 기억하는 탑 말입니다. 매년 총리대신을 포함한 주요 관료들이 그곳을 찾아가서 참배합니다. 사쿠라코 할머니는 지금 야스쿠니 신사에 있습니다.

주희는 세실을 슬쩍 봤다. 세실은 커피를 마시며 핸드폰을 들여다보고 있었다. 주희가 내준 작문 주제는 '나와 우리 가족'이었다. 세실의 핸드폰 케이스에는 세일러문 스티커가 붙어 있었다. 주희는 세실의 글과, 핸드폰을 보며 킬킬거리는 세실을 번갈아 봤다. 할머니는 지금 야스쿠니 신사에 있습니다. 주희는 그 문장을 곱씹었다. 야스쿠니 신사…… 주희는 얼마 전에 읽은 가네보 리콜 사태 기사를 떠올렸다. 주희는 자기도 모르게 빨간 펜으로 야스쿠니 신사라는 단어에 밑줄을 쳤다. 세실이 주희를 쳐다봤다.

"아, 세실 상, 잘 썼네요. 여기 엄마의 할머니는 증조외할머니라고 쓰면 돼요. 외증조할머니라거나."

"그래요? 잘 썼나요? 내게는 중요한 내용이라서요."

"저보다 나은데요."

주희는 세실의 핸드폰 케이스에 붙어 있는 세일러문 스티커를 보며 말했다.

"세일러문은 한국에서도 유행했었는데 저는 못 봤어요."

"그런가요? 제게 아니메 전편이 있는데 보내드릴까요? 놀랍죠? 세일러문이 우리 할머니 이야기라는 거요."

주희로서는 작문에 나오는 내용 중 제대로 아는 것이 없었다. 주희는 화제를 돌렸다. 쥬쥬하우스에 입고된 신상품 이야기, 요즘 유행하는 메이크업 튜토리얼 이야기만으로 세실과 몇 시간이나 대화할 수 있었다. 주희와 세실에게는 곧 업무 이야기이기도 했다. 세실은 자신이 말하고자 하는 의미에 맞는 한국어 단어를 찾아내지 못하면 얼굴을 찌푸리며 울상을 지었고, 그럴 때마다 주희는 천천히 설명해주었다. 늘 그랬듯 돈을 건네준 세실은 주희의 손을 붙들며 고맙다고 인사했다. 나는 날마다 일요일만 기다려요, 세실은 단어 하나하나 힘주며 말했다. 주희는 세실의 배웅을 받으며 그녀와 헤어졌다.

귀가한 주희는 '히메유리의 탑'과 '히메유리 학도대'를 검색해보았다. 검색 결과가 쏟아졌다.

1945년 아시아태평양전쟁 말기에 오키나와에 상륙한 미군과 일본군 사이에서 벌어진 오키나와 전투에서 종군간호부 역할을 하다 죽어간 여고생 부대가 '히메유리 학도대'다, '히메유리'는 오키나와 현립 제일고등여학교의 학교 홍보지 『오토히메(乙姬)』와 오키나와 사범학교 여자부의 학교 홍보지 『시라유리(白百合)』를 합쳐 만든 명칭이다, 오키나와에 있는 '히메유리의 탑'은 일본 학생들이 '평화학습'의 일환으로 가장 많이 찾는 장소 중 하나이며, 이들을 주인공으로 한 영화는 끊임없이 제작되고 있다, 군복을 입은 소녀의 이미지를 떠올리게 하는 발상은 대부분 히메유리 학도대에서 비롯된 것이며, 애니메이션 〈세일러문〉 역시 이 영향 아래 있다는 주장이 제기된다……

주희는 위키백과와 블로그에 나온 설명을 대강 읽었다. 세실의 말대로 '세일러문'이 히메유리 학도대와 연관이 있다는 이야기가 가장 먼저 눈에 띄었다. 일부 연구자들의 주장이기는 하지만 전후 일본에서 소녀 부대의 이미지는 전부 히메유리 학도대의 영향 아래 있다고 보아도 무방할 것이다…… 주희는 아시아태평양전쟁이나 오키나와 전투에 대해서는 별다른 관심이 생기지 않았다. 하지만 소녀 부대라는 설정에는 호기심이 들었다. 무엇보다 세실의 외증조모가 일본에서 그렇게나 잘 알려진 군 부대 출신이라는 사실이 놀라웠다.

주희는 다운로드 사이트에서 '히메유리'를 검색해 화질이 가장 좋은 영상을 내려받았다. 2010년작 영화로 러닝타임은 90분이었다. 「戰火で消え失せた無垢な百合よ、最後のナイチンゲールよ！」(Star Lily Corps, 1945), 한국어 번역 제목은 "전화에 스러져간 순결한 백합이여, 최후의 나이팅게일이여!"였다. 주희는 제목을 보고 웃음을 터뜨리며 침대에 앉아 노트북으로 영화를 감상했다. 지루한 장면이 끝없이 이어졌다. 전통 춤을 추거나 합창을 하는 학생과 교사 들의 모습

이 아열대의 배경과 함께 한참 등장했고, 그러는 중간에 뜬금없이 하얀 백합꽃이 나오기도 했다. 시종일관 배경으로 깔리는 전통 음악, 현악기가 연주하는 낮은 멜로디에 주희는 졸음이 쏟아졌다.

핸드폰 진동에 놀란 주희가 눈을 떴을 때, 노트북에서는 끔찍한 장면이 펼쳐지고 있었다. 폭탄이 떨어지자마자 군인들의 팔과 다리가 나무에 튀어 올라 주렁주렁 걸렸고, 뒤이어 학도대원 여학생들이 울며 그것들을 수습했다. 미군 전투기가 하늘에서 폭격하고 일본군은 속수무책 쓰러졌다. 다른 부분과 다르게 이 장면만 흑백 화면이었다. 마치 1945년 당시의 실제 모습을 찍은 듯 아무런 연출도 느껴지지 않았다. 주희는 더 이상 보기 힘들어 빨리감기로 넘겼다. 곧 아무 일도 없었다는 듯 즐겁게 떠들며 웃고 있는 여학생들이 등장했다. 제각각 하얀 강보를 들고 있는 여학생들이 우르르 개울가로 몰려가 제복을 벗었다. 새하얀 캐미솔과 거들만을 남기고 전부 벗은 소녀들이 일제히 개울로 입수했고, 카메라는 그 장면에서 멀어지더니 뜬금없이 한 송이 하얀 백합에 초점을 맞췄다. 물장구를 치며 목욕하는 소녀들의 모습이 한참 동안 흐릿하게 이어졌다.

"이제 우리 이별하는 거야. 희생 없는 승리는 없어. 우리는 저 흉악한 미군에게 결코 투항하지 않고 오키나와를 지킨다.

여기서 지키지 않으면 본토가 투항하게 될 거야."

머리에 띠를 두른 학도대원이 힘주어 말했다. 러닝타임을
10분 남겨둔 상황이었다. 학도대원들은 모여 앉아 서로 머
리를 빗겨주고 옷매무새를 정리해주었다. 이건 이별 의식이
야, 그러나 우리는 함께 가는 거야, 결의에 찬 소녀들이 다짐
을 나누었다. 눈빛이 형형한 한 학도대원이 일어나 입으로
수류탄의 안전핀을 뽑으려고 할 때, 갑자기 벌떡 일어선 교
사가 그만둬! 하고 외치며 그것을 빼앗았다. 주희는 그 장면
에서 눈을 크게 떴다. 둘러앉은 학생들이 교사에게 소리를
질렀다. 비겁자 사유리 선생, 당장 물러나지 못해요! 다른 교
사도 벌떡 일어서며 소리쳤다. 사유리 선생, 함께하지 않으
려거든 썩 꺼져요! 당신은 영원히 후손에게 부끄러워하며
생존하시오. 비장하게 외친 선생은 학생들의 한가운데 섰다.
사유리 교사는 방공호 밖으로 나가 손을 들어 투항했고, 뒤
이어 폭발음이 들리며 전멸하는 학도대의 최후가 그려졌다.

주희는 엔딩 크레디트를 물끄러미 보며, 세실의 증조외할
머니는 아마 '함께하지 않으려거든 썩 꺼져요!'라고 외치며
전원 자결을 이끈 그 교사이리라고 생각했다. 그러자 문득 소
름이 끼쳤다. 죽지 말고 살아남자고 말하는 사람을 비겁자
라고 꾸짖으며 학생들을 독려해 자살하는 선생이라니. 세실
이 아주 어릴 적부터 그녀에게 증조외할머니의 이야기를 들

려줬다는 세이젠 할머니는 자신을 남겨두고 죽음을 택한 어머니를 전쟁 영웅으로 기억하며 살아가고 있다고 했다. 그게 어떻게 가능하지? 하긴…… 전쟁 영웅의 후손들은 전부 그런 식이겠지…… 주희는 그런 생각을 하다 다시 잠에 들었다.

*

크리스마스를 한 달 앞두고 쥬쥬하우스는 관련 프로모션으로 매일 바빴다. 할인 패키지 구성은 어느 시기보다 다양했고 수많은 기업과 단체와 연계하여 컬래버레이션 상품을 내놓았다. 주희는 거의 날마다 쥬쥬하우스의 외국인 직원들을 대상으로 프로모션 상품에 대한 설명을 했다. 매장에서 세실과 마주치면 다정한 눈인사를 주고받았다. 바쁜 시기였지만 세실과의 주말 만남은 계속되었다.

포르노 사이트 운영자에게서는 여전히 답장이 오지 않았고, 주희는 동영상이 아직도 걸려 있는지 확인할 엄두를 내지 못했다. 그럴 용기가 나지 않았다. 주희는 그저 잊는 방법밖에 없다고 생각했다. 가끔 술에 취하거나 늦은 새벽까지 잠이 오지 않을 때면 J에게 연락해서 욕하며 따지고 싶은 충동에 시달렸지만 실행하지 않았다.

크리스마스가 2주 정도 남았을 때 본사에서 특정 상품의 수익금 전부를 일본군 성노예제 피해자를 후원하는 기금으로 전달한다는 소식을 전해왔다. 더불어 크리스마스이브에 명동에서 열리는 대규모 집회에도 직원들의 참여를 독려하고 필요한 물품을 후원하겠다고 했다. 명동에서는 오래전부터 매주 일본군 성노예제 피해자를 위한 집회가 열리고 있었고, 몇 달 전에는 사람들이 많이 찾는 백화점 근처에 소녀상이 세워지기도 했다. 쥬쥬하우스의 수익에 큰 영향을 미치는 일본인 관광객 대부분은 그런 사실에 관심이 없을 듯했다. 주희는 가네보와 가네가후치를 생각했다.

"세실 상, 크리스마스이브에 유노의 콘서트에 가나요?"

"아뇨. 못 가게 됐어요. 예매에 실패해버려서."

세실은 풀 죽은 얼굴로 대답했다. 그러곤 광주에는 언제쯤 가볼 수 있으려나요, 생각보다 여유가 없어요,라고 덧붙였다. 주희는 차차 가면 되죠, 차차, 알죠? 하며 세실을 위로했다. 세실은 주희에게 크리스마스이브에 계획이 있느냐고 물었다. 주희에게는 별다른 일정이 없었다.

"그럼 우리 같이 놀까요?"

세실의 말에 주희는 난감했다. 휴일에도 만나서 놀 만큼 절친한 사이라는 생각은 들지 않았다. 주희는 몇 년간 성탄 연휴에는 집에서 그저 쉬면서 지냈다. 주희가 얼른 대답하지 않자 세실은 실망한 표정을 지었다. 함께 팬케이크를 먹으러

가고 싶었는데, 하고 우물거리는 세실을 보자 주희는 미안해
졌다.

"그래요. 팬케이크 먹으러 가요. 가게는 어디예요?"

"쥬쥬하우스랑 가까워요. 멀지 않아요."

"쉬는 날까지 명동에서요? 그날 사람도 미어터질 텐데."

또다시 실망스러운 표정을 짓는 세실에게 주희는 그럼 가
봐요, 하고 웃어 보였다. 작문을 검토하던 주희는 문득 궁금
해져 세실에게 물었다.

"그런데 세실 상, 사쿠라코 할머님께서는 결혼하고 나서
도 교사 생활을 계속하셨나 봐요."

"아뇨. 그럴 리가 없죠, 주희 씨. 히메유리 학도대는 전원
이 순결한 미혼녀였다고 했어요."

"그래요?"

"분명 그렇게 들었어요."

"세실 상, 그런데 사쿠라코 할머니가 어떻게 세이젠 할머
니를 낳으신 거예요?"

세실의 얼굴이 서서히 굳어졌고, 주희가 느끼기엔 AV 운
운한 말을 들었을 때보다 훨씬 당황한 것 같았다. 주희는 나
쁜 뜻이 아니라며 말을 이어갔다.

"아니 아니, 그때 돌아가셨다고 하셔서…… 그럼 언제 세
이젠 할머니께서 태어나셨는지 궁금해서요."

세실과 주희는 모두 할 말을 잃고 어색하게 테이블만 바라 봤다. 주희는 고개를 숙인 채로 살짝 세실의 얼굴을 살폈다. 세실은 표정 없는 얼굴로 앉아 있었다. 주희의 머릿속에 수 류탄 안전핀을 뽑으려는 학생을 붙들며 그만두라고 소리치 는 사유리 선생의 모습이 떠올랐다. 방공호 밖으로 나가 손 을 들고 투항한 사유리 선생은 생존했을 것이다. 쏟아지는 햇살에 눈을 찡그리며 미군에게 걸어가던 사유리 선생. 세 실, 당신 할머니가 혹시 사유리 선생 아닌가요? 주희가 찾아 본 자료에는 히메유리 학도대는 전원 자결하지 않았고 꽤 많 은 수가 생존했다고 나와 있었다. 그 이후에 사쿠라코 할머 니는 세이젠 할머니를 낳고, 세이젠이 모리오를 낳고, 모리 오가 세실을 낳고, 그래서 우리가 이렇게 마주 앉아 있는 거 아닌가요?

너무 당연하잖아요? 당신 외증조모는 살아남았다는 게.

그러나 주희는 세실에게 그런 말을 할 수 없었고, 머릿속 으로 끊임없이 여러 가능성을 굴려보고 있었다. 결혼해서 아 이가 있는 상태로 종군간호부로 참전한 사쿠라코 할머니. 최 후의 순간에 아이를 떠올리며 방공호 밖으로 나온 사쿠라코 할머니. 그날 다른 곳에 있어 이별 의식에 참여하지 못한 사 쿠라코 할머니. 그날이 아닌 다른 날 미군에게 포위되어 투 항한 사쿠라코 할머니…… 가난하고 주눅 들어 있는 어린 세실을 위로해주기 위해 〈세일러문〉을 보여주며 네 할머니의 이야기야, 옛날 옛적에…… 하고 그날 만든 이야기를 들려주는 세이젠 할머니……

주희는 세실을 물끄러미 바라보며 그런 장면들을 떠올렸다.

*

세실과 주희는 약속대로 크리스마스이브에 명동에서 만났다. 세실은 주희에게 선물 꾸러미를 내밀었다. 엄마가 보내주신 나베 냄비예요, 나는 요리를 자주 해 먹지 않으니 주희 씨가 가져요. 주희는 얼떨떨하게 그것을 받아 들며 생각했다. '나도 마찬가지예요, 세실.' 주희는 미처 선물을 마련하지 못했으니 자신이 팬케이크를 사겠다고 했다.

팬케이크 가게는 쥬쥬하우스에서 20분 정도 걸어야 나오는 백화점 근처에 있었다. 지하철역에서 꽤 멀리 떨어진 곳이었다. 주희는 이거 생각보다 멀잖아요, 장난스럽게 구시렁댔다. 세실은 가만히 주희의 팔짱을 꼈다. 처음 있는 일이었다.

걸으면 걸을수록 행렬의 밀도가 높아졌다. 마스크를 쓴 사람들을 보며 주희는 크리스마스이브 나들이 인파에서 벗어나, 집회의 행렬에 동참하게 되었다는 것을 깨달았다. 주희는 주변을 둘러봤다. "이 역사 부정의 수렁에서 벗어나 진실한 화해와 치유의 길로!" "피해 당사자에게, 그리고 그 가족에게, 피해자들과 동시대를 살고 있는 우리 모두에게 필요한 해결의 길" 등 빼곡하게 문구를 적어 넣은 피켓이 눈에 띄었다. 그때 세실이 주희의 팔짱을 조금 더 힘주어 꼈다. 지금 무슨 시위 중인가요? 나는 시위대의 주변에 있으면 안 되는데…… 외국인은 좀 민감해서요…… 세실은 주희의 어깨에 얼굴을 갖다 댔다. 주희는 세실을 토닥이며 말했다.

"괜찮아요, 세실 상. 이건 평화로운 집회예요. 전쟁 피해자들을 위한 집회예요."

세실은 눈을 빛내며 대답했다.

"아, 그래요? 나도 중학교 때부터 반전 집회에 참여했어요, 일본에서. 우리 할머니도 전화에 돌아가셨으니까요."

주희는 기분이 이상해져 세실을 돌아봤다. 세실은 멀리 있는 것을 보려는 듯 발돋움을 했다. 주변을 둘러보며 눈시울을 붉히기도 했다. 주희는 세실을 속인 것 같은 기분이 들었다. 세실, 당신의 할머니와 여기서 말하는 피해자 할머니들은 조금 달라요…… 세실의 할머니는 야스쿠니 신사에 있다면서요……

그런 말을 세실에게는 결코 할 수 없었고 주희는 조금 참담해졌다. 세실 상, 다른 길로 갈까요? 주희는 세실에게 진지하게 물었고, 세실은 고개를 저었다. 괜찮아요. 그냥 가요. 주희는 순간 뉴올리언스의 펍에 앉아 있던 자신이 떠올랐다.

　나도 너처럼, 주희가 여행 내내 가장 많이 했던 생각이었다. J처럼 무람없이 외국 사람들과 어울려보고 싶었고, 그들의 문화를 자연스럽게 체험해보고 싶었다. 그 끝이 고작 포르노 영상이 되리라고는 주희는 예상하지 못했다. J는 미국인 남자애들과 우르르 일어서며 주희에게 피곤하면 안 가도 돼, 여기서 좀더 마시고 있어,라고 말했고, 주희는 아니, 따라가고 싶어, 대답했다. 따라가고 싶어. 그 말을 했던 자신을 생각해내자 비참해진 주희는 눈을 질끈 감았다. 마르디 그라, 참회의 화요일이 육박해오는 순간이었다. 행렬은 어느덧 소녀상 근처에 도착했고 세실은 동상의 의미를 몰랐다.

바비의 분위기

"오늘 그녀를 다시 만난 날이란다. 고작 이렇게 내 손에 쥐일 거면서, 그 오랜 시간 동안 나를 힘들게 했다고 생각하니 기가 막혔지. 여기 그녀의 얼굴을 첨부한다. K-Bot. jpg"

불시에 건물에서 쫓겨나 서성이는 신세가 된 학생들이 불만을 터뜨리기 시작했다. 자유열람실 대청소는 한참 동안 끝나지 않았다. 청소가 끝나기를 기다리는 학생들은 대학원 건물 앞 벤치와 흡연 구역에 쪼그려 앉거나 서서 책을 읽고 공부를 했다. 유미도 그 풍경의 일부가 되어 쫓기는 기분으로 책을 들여다봤다. *New Media Literacy*. 제목과 조응하는 내용이 좀처럼 등장하지 않았다. 한 페이지도 제대로 읽지 못

하고 반납할 책들을 매일같이 대출하는 중이었다. 발췌 인용할 대목만 급하게 핸드폰 카메라로 찍고 책을 덮기 일쑤였다. 제대로 된 공부라고 할 수 없었다. 이런 식으로 대충 들여다본 책이 백여 권에 육박했다. 최종 제출일까지 이틀밖에 남지 않았다. 유미는 자유열람실 재입장이 가능할 때까지 커피라도 마시며 숨을 고르면 좋겠다고 생각했다. 그러나 그럴 여유가 없었다.

지도교수는 문제가 된 대목을 고치지 않으면 더 이상 방어해줄 수 없다고 했다. 논문 심사가 끝난 지 한 달이 지났지만 수정은 거듭되었다. 심사위원으로 참여한 교수 셋 중 두 명이 유미의 원고에 난색을 표했다. 겸연쩍은 얼굴로 침묵을 지켰던 유일한 사람은 유미의 지도교수였다. 심사장은 그의 연구실이었다. 유미가 미리 마련해 간 커피를 세 사람 모두 입에 대지 않았다. 이거 지도교수가 책임져야 하는 거 아닙니까, 이 지경까지 끌고 왔다면. 유미를 제외한 모두가 웃음을 터뜨렸다. 유미는 막막했다. 통과 여부가 결정되는 심사였고 교수 세 명의 날인을 받아야 했다. 심사 대상자인 학생이 직접 준비해 가는 최종 제출 승인서가 가방에 있었다. 쉬는 시간을 가진 후 지도교수는 유미에게 그것을 꺼내보라고 했다. 그는 다른 교수들에게 손짓으로 날인을 요구했다. 둘은 마지못한 듯 도장을 꺼냈다. 교수들이 합의한바 조건부 통과였다. 지도교수는 심사위원을 대표하여, 원고의 한 대목을 수정하는 조건으로 논문을 통과시키겠노라고 말했다. 최종 제출 전까지 수정된 원고를 가져와야만 비로소 통과가 완료되는 것이며, 그때까지 최종 제출 승인서는 심사위원장이 보관하겠다는 것이었다.

그 말을 들을 때 유미는 다 필요 없으니까 이제 그만두자고 대답하려 했다. 그러나 결국 오늘까지 이렇게 애달프게 원고를 수정하고 있었다. 교수들이 문제 삼은 대목, 이것을 결코 우리 과의 졸업 논문 데이터베이스에 올릴 수 없다고 역설한 대목을 어떻게 제외하거나 변화시켜야 하는지 해답을 찾지 못한 채.

싸락눈이 흩날렸다. 학생들 사이에서 욕설이 터져 나왔다. 당장 행정실에 항의할 기세였다. 유미는 책에 내려앉는 눈을 손가락으로 살살 치우면서 다들 조용히 해주었으면 좋겠다고 생각했다. 생각과 더불어 곧장 자유열람실 조교가 나와 청소가 끝났으니 질서 있게 입장하라고 외치는 소리를 들었고, 일사불란하게 움직이는 학생들 틈에서 유미는 그 남자를 발견하고 흠칫 놀랐다. 한 이틀간 오지 않던 그였다. 그의 낡은 항공점퍼 위에도 비듬처럼 눈이 쌓였다. 언제나처럼 배낭을 멘 그는 웅크리며 대열의 일부에 자연스레 합류했다. 유미는 그의 눈에 띄지 않으려 애썼다. 어차피 곧 그의 눈에 띄고 말 것이었지만. 유미는 남자가 누군지 몰랐고, 다만 남자의 이름을 알았다.

그는 유미가 석사논문을 쓰기 시작한 학기 초부터 내내 유미 옆에 앉았다. 일부러 그럴 리는 없다고, 자신의 착각일지도 모른다고 생각한 적도 있었다. 처음에 유미는 분명 그렇게 생각했다. 당시 아직 늦여름이라 할 만한 계절이었고 그는 검정 피케티셔츠를 입고 있었다. 허옇게 먼지가 달라붙은 지저분한 여름 셔츠였다. 그걸 관찰해낼 수 있을 만큼 그는 유미와 가깝게 앉아 있었다. 콧김 내뿜는 소리가 거슬렸지만 공용 공간에서 침묵 이상의 고요를 요구할 수는 없는 노릇이었다.

그보다 더 정숙하지 못한 학생들은 얼마든지 있었다. 대학원생의 3분의 1을 차지하는 중국인 유학생들은 유별나게 튀는 행동을 일삼았다. 가끔 큰 소리로 전화를 받는 경우도 있어 조교의 지적을 심심찮게 받을 뿐 아니라, 조교가 자리를 비운 틈을 타서 도시락과 간식거리를 펼쳐놓고 먹기도 했다. 좀처럼 글이 안 써질 때 유미는 누구라도 붙들고 따져 묻고 싶은 심정에 사로잡혀, 식빵에 잼을 태연히 발라 먹으며 이어폰도 끼지 않고 예능프로를 감상하는 여학생의 머리채를 잡아 흔들고 싶다고 생각했다. 자유열람실을 사유화하는 일부의 학생을 '중국인 유학생'이라고 싸잡을 수는 없는 노릇이었다. 그러나 유미가 본 그들 전부는 분명 '중국인'이었기에 자기를 사로잡았던 정념의 기원이 과연 편견에서 비롯된 것인지 아닌지 고민해야 했다. 한마디 하고자 마음먹고 여학생 가까이 다가섰을 때 컴퓨터 모니터에서 흘러나온 중국말이 논문 학기 내내 머릿속에 맴돌았다. 어쩐지 아무 말도 못하고 유미는 돌아섰다. 유미가 본 그들이 전부 중국인이었다 하더라도, '중국인 유학생들은 전부 공공질서 의식이 없다'라고 말할 수는 없었다. 그래서 유미는 나름대로 신중하게 발화했다. 가까운 친구들에게만. 유미가 선택하는 서두는 '높은 확률로'였다. 높은 확률로, 중국인 유학생이었다.

정말이지 높은 확률로 그 남자는 유미의 옆 좌석을 점거했다. 사실상 백 퍼센트였다. 자유열람실에는 지정 좌석이 없었다. 유미가 어디에 앉든 바로 옆 좌석이 비어 있는 경우엔 무조건 남자가 앉았다. 유미는 날마다 아침 일찍 등교해 자유열람실에 자리를 잡았고 남자는 오후에 입장했다. 유미가 오후 늦게부터 논문을 쓰기 시작한 날에는 멀리서부터 슬금슬금 움직여 굳이 유미 옆으로 자리를 옮겨 오곤 했다. 유미는 그 사실을 인지했다. 논문 초고를 시작하고 한 달이 지났을 때, 서론을 완성했을 무렵이었다. 이제 유미는 남자가 자신을 따라다니고 있다는 결론을 외면할 수 없었다. 그러나 그다지 중요한 사실이라고 할 수 없었다. 남자는 유미에게 별다른 피해를 끼치지 않았다. 식빵을 처먹으며 예능프로를 감상하던 여학생이 훨씬 심했다. 그는 단지 콧김을 소리 나게 뿜으면서 유미와 바짝 붙어 뭔가에 열중하다 돌아갈 뿐이었다. 그는 늘 유미보다 먼저 자유열람실을 나섰고, 귀가할 때 몇 번인가 주변을 살핀 적도 있었지만 유미의 뒤를 쫓았던 적은 없었다. 캠퍼스 주변은 밤늦게까지 밝았다. 어디서나 돗자리를 펴고 즐겁게 노는 학부생들로 가득했다. 위험하지 않았다. 그는 그렇게 학기 내내 유미의 옆자리에 온종일 붙어 있을 뿐이었다.

그는 몸을 바짝 움츠리며 질서 있게 줄을 서서 자유열람실에 입장했다. 날은 추웠고 남자 말고도 많은 학생이 몸을 바짝 움츠렸다. 그런데 유미는 남자를 다른 이들과 같은 학생이라고 생각할 수 없었다. 남자는 학생이 아니었다. 자유열람실은 이 학교 학생, 그중에서도 대학원생만이 이용할 수 있는 곳이었다. 그러나 학생증을 태그해서 출입해야 하는 것은 아니었기에 사정을 아는 누구든 마음만 먹으면 이용할 수 있는 곳이기도 했다. 복사, 스캔 서비스가 무료로 제공되었고 성능이 좋은 데스크톱 컴퓨터 수십 대가 있었다. 대부분의 학생이 이곳에서 학위논문과 페이퍼를 작성했다. 유미는 교수가 부르면 바로 달려가서 연구 미팅을 해야 했고, 논문 작성에 필요한 서적이 끊임없이 필요했기에 학교가 아닌 다른 곳에서 논문을 쓸 수 없었다. 잠깐 자리를 비울 때는 개인 소지품을 두고 가도 되는 곳이었지만 유미는 도서관에 갈 때마다 남자를 의식하며 소지품을 모두 챙겼다. 쓰던 자료를 모두 백업해두고 전원을 내리는 일도 잊지 않았다.

남자는 유미가 조금도 두렵지 않았는지 부주의하게 자신이 보던 그대로, 동영상의 정지 버튼만 누르거나 메일 작성란을 열어둔 채 자리를 오래 비우곤 했다. 그는 물경 한 학기 동안 자유열람실에서 빈둥빈둥 놀고만 있었다. 이틀 후부터 유미는 자유열람실에 발길을 끊을 예정이었다. 학교 쪽으로는 고개도 두지 않겠노라 말하고 다니는 중이었다. 그 후에도 남자는 계속 나올 것인가. 유미는 궁금했고, 오빠 생각을 했다.

그런 시커멓게 혼자 다니는 남자들을 볼 때마다 오빠 생각이 났다.

보물섬이 폭발하던 날……

언제 생각해봐도 믿어지지 않는 말이다. 유미가 열두 살이었을 때, 오빠가 열일곱 살이었을 때. 그해 오빠는 고등학교에 입학했다. 유미는 『수학의 정석』을 붙들고 끙끙대던 오빠에게 다가가 메모를 건넸다.

─오빠 내가 좋아하는 남자애 집 전화번호야. 전화 걸어

서 개가 받으면 이렇게 말해줘.

메모지에는 "너 5학년 3반 최종원 맞지? 너 김유미 알지? 개를 어떻게 생각하고 있는지 말해라" 따위의 조잡한 각본이 적혀 있었다. 오빠는 메모를 읽은 후 피식 웃으며 단념하라고 했다.

—어설픈 수작은 관둬라. 나는 이런 유치한 장난에 동조할 수 없다.

유미는 입을 삐죽이며 방에서 나왔고 냉장고에서 할머니가 얼려둔 요구르트를 꺼내 마셨다. 살얼음을 부수려고 요구르트 팩을 이리저리 흔들었다. 거실 구석 커다란 하우스 케이지 안에서 오빠가 키우던 햄스터가 뽈뽈 돌아다녔다. 유미는 그걸 흘끗 봤다. 할머니 집에서는 할머니 냄새가 났다. 그날의 정황이 또렷하게 기억났다. 할머니 냄새와 오빠가 아끼던 햄스터와 요구르트, 그리고 보물섬……

오빠는 큰아빠의 아들이었고, 유미의 유일한 사촌오빠였다. 큰아빠와 큰엄마는 오빠를 키우지 않았다. 유미가 기억하는 최초의 순간부터 오빠는 부모와 떨어져 할머니 집에 살았다. 큰집과 택시로 10분 채 안 걸리는 옆 동네, 연립주택 2층에 있는 18평짜리 집이었다. 방 둘에 거실 하나. 그 집은 할머니 집이었고 오빠의 집이기도 했다. 반면 큰집은 마당이 있는 단독주택이었고, 큰아빠와 큰엄마, 유미보다 어린 사촌동생들이 살았다. 어쩐지 그때까지 유미는 일이 왜 그렇게 되었는지 전혀 의문을 품지 않았다. 여동생들과 오빠는 서로 만나지 않았고, 명절에 만나도 데면데면했으며, 차라리 유미와 오빠가 훨씬 친남매 같았다. 큰아빠는 오빠와 마주치면 인상 쓰고 혼내기만 했다. 유미가 있는데도 멍청한 놈이라고 욕하기 일쑤였다. 중학생이었을 때의 오빠는 공부를 못했다. 큰아빠가 물어물어 데리고 온 과외 선생에게 엄청난 금액을 지불했다고 했다. 오빠는 유미에게 이제 당분간 오지 마, 너랑 놀아줄 시간이 없어, 시무룩하게 말했다. 과외 선생에게 회초리로 종아리를 맞아가며 오빠는 고입 연합고사를 준비했다. 꼴찌만 안 하면 다 붙는다는 시험에 떨어질까 봐 그 고생을 했던 것이다. 큰아빠는 유미의 부모를 만날 때마다 자기 아들을 욕했다.

　—서울에서 인문계 고등학교 못 가는 애가 어디에 있다고 이런 유난을 떨어야 하는지.

　그때나 지금이나, 당시 오빠가 왜 그렇게 공부를 못했었는지 유미는 까닭을 알고 있다.

　또한 보물섬이 없었다면, 보물섬의 주인인 오빠가 없었다면 결국 철학과에 진학하지 않았을지도 모른다고 유미는 생각했다. 보물섬이 유미에게 미친 영향은 그만큼 깊었다.

　유미는 할머니 냄새를 싫어했고 철없이 코를 틀어쥐기도

했지만 하루가 멀다 하고 그 집에 찾아갔다. 큰집이라 불렀던 곳에는 명절에만 갔지만, 할머니와 오빠가 살던 그 집은 열쇠까지 제 몫으로 만들어 갖고 있었다. 초등학교에 입학한 무렵부터 틈만 나면 혼자 시내버스를 타고 갔다. 중학생이었던 오빠는 유미를 보면 오른손을 제 뺨 가까이 올려붙이며 짤막하게 인사했다. 유미, 어서 와. 도수 높은 안경알 너머 조그만 눈동자를 맥없이 빙글빙글 굴리며. 유미는 그런 오빠를 이상하다고 생각하지 않았다. 오빠는 성인이 되어서까지 유미와 눈을 마주쳐본 적 없었다.

중학생인 오빠는 날마다 뭔가를 끊임없이 샀다. 유미가 갈 때마다 없던 물건이 생겨나 있었다. 그 방 네 벽면을 가득 메우고 있던 브로마이드, 셀 수 없는 만화책과 소설과 게임팩, 프라모델, 피규어 장난감과 용도를 알 수 없는 각종 전자기기. 유미는 구미가 당기는 대로 아무거나 꺼내 봤다. 오빠와 밖에 나가서 놀아본 적은 없었다. 둘은 대화도 나누지 않고 방에 처박혀 게임을 하거나 각자 책을 읽었다. 할머니는 주로 마실 나가고 없었는데 늦게 돌아와 저녁밥을 챙겨줬고 식사를 마치면 유미 부모에게 전화를 걸어 그만 애를 데려가라고 소리를 질렀다. 유미의 부모는 사교육에 관심이 전혀 없었고, 외동딸을 떼어놓고 일을 다녔기 때문에 유미가 종종 오후 시간을 할머니 댁에 붙어 있는 걸 다행스럽게 여겼다.

보물섬이 폭발하던 날, 큰아빠는 유미의 부모에게 너희들도 애 간수를 똑바로 하라고 으박질렀다. 몇 년간 오빠와 보냈던 오후가 그렇게 잘못한 일이 되어버릴 줄이라고는 몰랐다. 유미의 오랜 오후는 그날 통째로 부정당했다.

오빠는 뭐든 들어주었고, 자기 물건을 건드려도 예민하게 굴지 않았기 때문에 유미는 그 방에서 노는 게 좋았다. 책을 읽다 심심하면 책상 서랍을 뒤졌다. 오빠는 신경도 쓰지 않았다. 유미는 아예 서랍을 들어내어 다리 사이에 끼고 앉아 하나하나 살펴봤다. 이건 뭔데, 지난번에는 없던 건데? 유미가 따져 물으면 오빠는 돌아보지도 않고 대답했다. 지난번에 용산에서 산 거야. 지난번에 코믹에서 산 거야. 갖고 싶으면 가져. 이런 식으로. 항상 그냥 가져, 했기 때문에 굳이 탐이 나지 않았고 유미는 다시 있던 자리에 잘 넣어두었다. 구석에 중학생 소년 방에 어울리지 않는 할머니의 자개장이 있었고, 그 위에 오빠가 아끼던 로봇들이 일렬횡대로 반듯이 서 있었는데 해가 질 때면 그 부분부터 주황색으로 물들어 유미는 잠시 그 풍경을 멍하니 바라보곤 했다. 깃털을 펼친 공작새와 꽃사슴 자개가 빛을 받아 반짝거렸고 오빠가 직접 조립한 로봇 프라모델이 출격 준비 자세를 취하고 있었다. 유미는 오랫동안 그 풍경을 기억하게 된다. 이건 뭔가 세계 종말 같은 느낌이다, 유미는 생각했는데 오빠가 심드렁하니 대답하지 않을 게 뻔했기 때문에 입 밖에 내지는 않았다.

유미는 그 방을 보물섬이라고 불렀다.

정확히는 그렇게 규정지었고, 기억했다. 보물섬이 폭발한 날 이후 오빠와 유미는 그날에 대해 언급한 적 없었다. 아마 '보물섬'이라는 말을 꺼내본 적도 없었으리라고 유미는 생각했다. 아무 때나 서랍을 뒤지면 피자 배달 쿠폰이 우습게 쏟아져 나왔고, 오빠 나 이걸로 시켜 먹는다, 하고 키득거리면 그러라고 하는 오빠가 있던 방. 지난번에 읽은 만화 시리즈의 이어지는 편을 보기 위해 버스에서 내리자마자 좁은 골목을 달음박질로 통과했고 돌계단을 뛰어올라 초인종을 누르거나 문을 따고 들어가던 기억이 살아가는 내내 생생했다. 보물섬이 폭발한 후 그 집에 관한 기억은 끝났다. 그 집이 불타버린 것도 아니었는데.

그런가 하면 그 시절에 관해 유미에게는 다른 종류의 기억도 있었다.

유미와 함께 시장에서 햄스터를 사 들고 오던 오빠에게 거실에서 기다리던 큰아빠가 던진 말. 사내자식이 학교에서 처맞고 다니는 거냐? 그것도 계집애들한테. 유미는 얼른 보물섬으로 피신했고 더 이상 듣지 않았다. 풀 죽어 방에 들어온 오빠에게도 묻지 않았다. 어른들은 유미가 듣는 데서 말조심하지 않기가 매한가지였는데 오빠가 학교에서 따돌림당하고 맞기도 한다는 이야기도 그랬다. 오빠는 괴로운 교실을 버티고 있었고 그럴수록 자기만의 세계에 빠져들었다. 유미는 그런 오빠가 불쌍하다고도 생각했지만 오빠가 외로울수록 자신에게는 흥미로운 것들이 더 많이 생겨난다는 것도 알고 있었다. 오빠의 분신과 같았던 그것만 건드리지 않으면 유미는 뭐든 갖고 놀 수 있었다. 그 방에 있는 수많은 물건을 만져보고 꺼내볼 수 있도록 해줬지만 오직 하나 허락하지 않은 것이 있었다. 오빠가 애지중지 아꼈던 486컴퓨터였다.

새로운 매체에는 새로운 언어가 필요하다. 그것이 이 특수한 매체 환경에서 생존하는 방식, 우리에게 요청되는 새로운 문해력이다.

유미는 물끄러미 모니터를 바라봤다. 논문 초록에 넣은 문장이었다. 초록까지 교수들이 관여하지는 않았으므로 그들이라면 절대 허용하지 않을 문장을 적어낼 수 있었다. 논문을 한마디로 요약하라면 결국 이렇게 요약해야 했다. 유미에게 다른 말은 중요하지 않았고 이 말만이 중요했다. 이 말을 하기 위해서 목차를 구성했고 소목차의 세부 내용을 만들었으며 수많은 참고문헌에서 이론적 토대를 빌렸다. 무엇보다이 말을 증명하기 위해 유미로서는 목격하는 것만으로도 고통스러웠던 지난한 논쟁을 따라갔다.

교수들은 처음에 조사 방법 자체를 받아들일 수 없다고 했다. 논쟁 과정을 스크린샷으로 수집한 방법이 문제였지만, 졸업생의 논문 중 인터넷 토론을 그대로 캡처해서 매체이론을 전개한 원고가 있었기 때문에 어떻게든 넘어갈 수 있었다. 비판커뮤니케이션학과는 철학과와 신문방송학과가 결합된 학과였고 두 학과의 상이한 특성을 모두 받아들여 교과과정을 구성했지만 학위를 수여해야 하는 시기에는 문제가 생겼다. 철학과 교수들과 신문방송학과 교수들 사이에 묘한 긴장이 흘렀고 인문 계열에 속하는 철학과와 사회과학계열에 속하는 신문방송학과의 결코 화합할 수 없는 지점을 아프게 발견하곤 했다. 철학과 교수들은 줄곧 '우리들의 만남은 결국 불륜일 뿐이었나 봐, 미사리 시절의 달콤한 환상은 이젠 없어' 따위 농담을 했고 학생들은 불쾌해했다. 신문방송학과 교수들은 도대체 통계를 쓰지 않고 어떻게 엄밀한 현장 조사를 할 수 있느냐며 어이없어하곤 했다. 그들이 말하는 '엄밀한 현장 조사'라는 말을 유미는 끝내 이해할 수 없을 것 같았다.

　교수들은 아예 트위터라는 매체 특성 자체를 이해하지 못했다. 각 유저들이 자신의 의견을 말하는 방식을 지도교수에게 이해시키기 위해 유미는 몇 번이고 설명했다. 이를테면 트위터의 'RT'를 통한 재전송 기능은 다른 이의 의견을 그저 인용하는 것만으로도 의견이 제출되는 것처럼 보이는 특성을 가졌다. 지도교수는 트위터가 가진 고유의 매체 특성을 어려워했고, 끝내 심정적으로는 동의하지 못했다. 게다가 유저 개인이 참여하고 있는 논쟁 공간은 고정되어 있지 않았다. 그 자신이 직접 편집하고 구성한 타임라인도 수시로 바뀌었으며 그곳에서 얼마든지 이탈할 수도 있었다.

— 이걸 공론장이라고 할 수 있나?

논쟁을 전수 조사하는 방식으로 각 유저의 타임라인을 밤새 캡처했던 유미는 헛웃음을 지었다. 스크린샷을 그대로 논문에 쓸 수는 없었으므로 언론 기사에서 그러하듯 그것을 재구성해야 하는데 유미는 포토샵을 조금도 다룰 줄 몰랐다. 유미는 한글 창에서 트위터 화면을 재현하는 표를 만들어 대화 내용을 일일이 타이핑했다. 유미 자신이 주장하는바 '새로운 매체에 필요한 문해력'을 뒷받침하는 징후가 되어줄 중요한 사건이었으나, 그것을 다시 복기하는 것은 고통스럽고 역겨운 일이었다. 지도교수 역시 더러운 것이라도 본 듯 고개를 돌렸다. 마치 신성한 논문에 이런 말들이 날것으로 들어간다는 것 자체가 불쾌하다는 듯. 유미의 원고에는 규격에 맞춘 각주보다 본데없는 표가 더 많았다.

지도교수가 유미의 논문을 방어해주어야 하는 까닭은 사실 그 자신을 위한 것이었다. 지도교수는 유미에게 이런 위기는 너의 앞날을 위한 밑거름이 되리라는 진부한 표현을 사용했고, 석사논문을 쓰던 시절 자신 역시 학계의 완고함과 투쟁했노라고 술회했다. 그는 대부분 독일 철학을 전공한 교수들 사이에서 프랑스 철학을 공부했다는 점이 이단아였고, 심지어 유학파도 아니라는 것도 역시 그랬다. 그래서 선생님은 이겼고 여기까지 왔잖니, 그는 유미를 달래듯 말했다. 대학원에 비판커뮤니케이션학과가 신설될 때 유미를 설득해서 데리고 온 사람이 그 자신이기 때문에 지도교수는 유미를 지켜야 했다.

　유미로서는 교수를 원망할 수는 없었다. 유미는 스스로 철학과의 교과과정에 한계를 느꼈고 매체이론에 깊은 관심을 가졌으며 그래서 비판커뮤니케이션학과를 선택했다. 자신이 대학원에 진학할 무렵에 자신의 관심사를 충족해줄 수 있는 협동과정이 신설되었다는 점을 무척 다행스럽게 여겼다. 지도교수가 설득하지 않았어도 이곳을 선택했을 것이다. 다만 유미가 선택할 수 없었던 것은 졸업에 관한 문제였다. 유미는 학위를 얻고자 하는 욕심이 없었다. 박사과정에 진학할 생각이 없었으므로 학위를 탐낼 리 없었다. 졸업을 한다 해도 여느 일반대학원 학생들처럼 시간강사 자리를 얻을 수도 없었다. 논문 제안서를 공개하던 날 신문방송학과 교수들의 폭언을 듣고 유미는 논문을 쓰지 않겠노라고 했다. 애초에 자신에게는 학위를 얻고자 하는 미련이 없었노라고. 선생님 말대로 그저 원하는 공부를 했으니 자신으로서는 더 바랄 것이 없다고.

유미는 기회만 오면 그렇게 말했다.

논문을 반쯤 작성했을 때에도 여전히 그랬다. 그날, 지도교수는 유미에게 날 선 반응을 보였다.

—선생님이 너에게 뭘 해줄 수 없다는 건 알고 있는데 계속 그렇게 엄살을 피워야겠니?

유미는 울지 않으려고 했다. 여기서 울어버리면 그 말을 인정하게 되는 것 같아서. 교수의 말인즉슨 힘들게 졸업을 한다고 해도 별다른 현실적인 이득이 없으므로 학위에 미련이 없는 거냐는 직설적인 질문이었다. 달리 말하면 '별다른 걸 바라고 공부했던 거니?'와 같았다. 유미는 그런 오해를 받고 싶지 않았다. 그러나 대학원에 진학한 친구 대다수가 교수의 잔심부름을 하며 버텨내는 까닭을 알고 있었다. 강의 자리를 얻거나 학계에 계속 발붙이기 위해 어떤 고생을 하며 살고 있는지. 지도교수의 말을 부정하면 다른 친구들마저 모욕하게 되는 것 같았다. 유미는 대답하지 못하고 울먹였다. 교수 앞에서는 말대답을 하기보다는 울어버리는 게 언제나 유리했지만 그날만큼은 굴욕감을 느꼈다.

그날은 정말이지 한 줄도 쓰고 싶지 않았고 원고를 들여다보고 싶지도 않았다. 유미는 자유열람실 의자에 등을 기대고 멍하니 앉아 있었다. 공부를 계속하기로 결정했을 때 가졌던 순수한 마음과 그간 겪은 여러 가지 현실적인 문제를 차근차근 복기하고 있었다. 학기가 거듭될 때마다 느낀 뿌듯함과 희열, 지난 학기의 질문에 이번 학기가 답하고 그것이 다음 학기의 질문이 되던 과정. 자석에 철이 모여들듯 순식간에 수많은 질문이 하나로 수렴되던 순간을. 유미로서는 학위를 얻는 것보다 더욱 중요했던 전언. 우리는 더 이상 실천이성의 주체로서 언어의 주인이 될 수 없다. 우리에게는 새로운 언어가 필요하다.

그때 남자가 콧김을 뿜으며 바짝 모니터 앞으로 다가앉았다.

유미는 아랫입술을 깨물며 남자를 노려봤다. 남자가 유미에게 가까이 다가앉은 것이 아니라 모니터에 다가갔음을 알고 있었지만. 유미는 남자가 학생이 아니라고 거의 확신하고 있었다. 그가 날마다 반나절 내내 축구 경기와 연예 뉴스를 감상하다 돌아간다는 것을 알았기 때문이다. 그러면서도 그는 거의 하루도 빠짐없이 자유열람실에 출석했다. 유미가 화장실에 가거나 자판기를 이용하기 위해 자리에서 일어설 때면 그는 꼬박 몸을 움츠리며 유미를 의식하는 티를 냈다. 유미는 화가 났다. 그 순간에는 정말이지 참을 수 없이 화가 났다.

  그러나 단지 조용히 따라다니기만 하는 남자에게 따져 물을 수도 없었다.

  유미는 눈을 지그시 감으며 한숨을 길게 쉬었다. 차라리 오늘은 열람실에 오지 말았어야 했다, 몇 번이고 되뇌다 눈을 뜨니 남자가 보이지 않았다. 유미는 남자의 자리를 살펴봤다. 그새 남자는 가방을 정리해 자리를 비웠다. 남자의 평소 패턴에 비해 이른 귀가였다. 유미는 문득 남자가 사용하던 모니터 쪽으로 몸을 기울여 그것을 살펴봤다. 그날 남자는 그간 사석화한 채 자리를 오래 비울 때 그랬던 것처럼 작업 상태 그대로 두고 귀가해버렸다. 그날따라 자유열람실에는 조교도 없었고 학생 한두 명만이 드문드문 떨어져 앉아 있었다. 유미는 남자의 부주의함에 혀를 찼다. 동영상은 일시정지 상태였고 그가 들여다보던 웹브라우저가 잔뜩 열려 있었다. 유미는 동영상을 끄고 웹브라우저를 하나씩 열어보았다. 그는 심지어 개인 메일 계정으로 메일을 작성하다 말고 가버린 것이었다. '형 잘 지내요? 나는 뭐 그냥 그렇지, 언제나 똑같이 살고 있어, 답이 늦었네, 형 나 아직 여자 없어' 따위의 말들이 띄어쓰기가 엉망인 채로 박혀 있었다. 유미는 고개를 절레절레 흔들며 다른 웹브라우저를 눌러봤다. 유미는 잠시 숨을 골랐다. 그리고 남자가 사용하던 마우스에서 손을 가만히 뗐다.

그가 보던 웹페이지는 전부 구글이었고 검색 결과는 하나같이 여자들의 사진이었다. 그저 '일반인' '길거리' 등의 검색어를 통해 펼쳐진 여자 사진들이거나, '레이 미즈나' '마쓰모토 리나' '아사다 오이시' 등 알 수 없는 조어를 통해 펼쳐진 여자 사진들이기도 했다. 남자의 열람실 이용 패턴이 언제나 일정했던 것처럼, 비슷한 검은 옷을 입고 와서 유미의 옆에 앉아 하루 종일 시간을 보내다가 유미보다 먼저 열람실을 나섰던 것처럼 남자의 검색 패턴도 그 나름의 일정한 체계 안에서 규칙적으로 작동되고 있는 것 같았다. 무엇을 검색해도 여자의 특정 신체 부위가 부각되는 사진이 나오도록 프로그래밍된 것일까.

유미는 정말이지 그날은 더 이상 아무것도 하고 싶지 않았다. 집에 돌아가는 길에 유미는 오빠를 생각했다. 유미가 대학에 들어간 후 얼마 되지 않아 연락이 끊겼으므로 거의 10년째 오빠의 근황을 몰랐다. 유미와 오빠가 어린 시절 아무리 각별했다 한들 부모들끼리 의절하고 난 후에는 서로가 서로에게 아무런 의미가 없었다. 유미로서도 그때부터 오빠와 더이상 연락하고 싶지 않기도 했다. 아니, 오빠에게는 어떨지 몰라도 나에게는 아무런 의미가 없을 수는 없다, 유미는 생각했다. 사실 인정하고 싶지 않았지만 철학과에 온 것 자체가 오빠 때문이었으니까. 어쩌면 내가 처음 만난 대타자였으니까. 그러나 오빠가 지금 열람실의 그 남자와 별다르게 살고 있으리라는 확신이 좀처럼 들지 않았다. 아버지 형제가 의절한 후에도 사촌동생들의 결혼 소식을 전해 들었으므로, 오빠가 결혼이라도 했다면 이미 소식을 들었을 거였다. 오빠가 결혼하고 아이 낳고 남들처럼 살고 있지도 않을 것이고, 설령 그렇다 해도 그 남자와 얼마나 다를 것인가. 유미는 오빠를 잘 알았다. 살아오면서 가만히 여자들을 따라다니는 시커먼 남자들을 볼 때마다 오빠 생각을 했고, 그들을 경멸하는 마음과 동시에 연민하는 마음이 들어 곤란했다. 덩치가 산만 한 철없는 남동생을 둔 친구가 진심으로 털어놓았던 걱정처럼.

— 이제는 이 새끼가 며칠 집에 안 들어오면 다른 게 아니라 어디 집회 현장에서 용역 뛰고 있을까 봐 걱정돼.

해적질을 일삼는 오빠가 유미로서는 알 수 없는 세상에서 약탈해 온 재미난 것들만 가득 모아다 놓은 보물섬. 유미는 그곳에서 처음 만화책을 봤고, 마음 졸이며 다음 편을 기다리는 시리즈물의 묘미를 알게 되었으며, 무엇보다 이야기가 끝날까 봐 아껴 읽는 즐거움, 독서의 즐거움을 알게 되었다. 뿐만 아니라 유미로서는 난생처음 벌거벗은 남녀가 뒤엉켜 있는 사진과 그림도 구경했고, 뜻을 짐작하기 어려웠던 번역 투의 에로틱한 대사들을 잔뜩 알게 되었다. 그 말들이 전부 무엇을 의미하는 것이었는지는 대학에 온 이후에야 깨달을 수 있었다. 어린 시절 오빠가 유미 앞에서 내뱉지는 않았지만, 보물섬 말고 어디에서도 그런 말들을 들을 수 없었기 때문에 '오빠의 말들'로 기억되던 것들. 대학에 와서 수많은 오빠들을 만나다 보니 그것들은 자연스레 다시 들려오곤 했다. 유미는 유일한 사촌오빠이자 자신의 대타자로 사후적으로 규정지었던 오빠와의 기억을 아프게 떠올려야 했다.

그날 큰아빠는 보물섬에 불을 질렀다. 정확히는 오빠 물건에 불을 질렀던 것이지만 유미에게는 방이 통째로 타버린 것과 같았다. 오빠도 억울했겠지만 유미도 억울했다. 유미가 알기로 오빠는 고등학교에 입학한 후 정말 열심히 공부하고 있었다. 유미가 놀러 와도 같이 놀지 않았고 책상에 틀어박혀 수학과 영어를 공부했다. 오랫동안 둘은 각자 놀았고 유미는 오빠가 뭘 하건 신경 쓰지 않고 방에 있는 물건들을 구경하고 책을 읽었기 때문에 달라진 것도 없었다. 그런데 큰아빠는 불같이 화를 내고 정말로 불을 질러버렸던 것이다. 이놈의 개자식이 고등학교에 가서도 달라진 게 없이 방구석에서 쓸데없는 짓만 한다면서. 그날을 떠올리면 유미는 오빠가 어지간히 멍청했다고도 생각한다. 사실 큰아빠는 아들에게 보물섬을 곧 폭발시키겠노라고 수없이 예고했다. 그날도 전화를 걸어 공부를 열심히 하고 있느냐고 물었고, 당장 그 방구석에 있는 쓸데없는 만화책과 게임기 같은 것을 갖다 버리지 않으면 가서 다 태워버리겠다고 소리쳤다고 했다. 오빠는 전화를 끊고 어깨를 으쓱해 보이더니 유미에게 이 방에서 뭐가 가장 좋았냐고 물었다. 유미는 방을 둘러보다 〈어린이 이데아문고〉 시리즈를 가리켰다. 오빠는 그중에서도 뭐, 하고 물었다. 유미는 시리즈 05번 『도노반의 뇌』를 골랐다. 그게 가장 좋았다기보다는 스무 권 중에 유일하게 다 읽지 못한 작품이기 때문이었다. 표지에 시뻘겋게 핏발이 선 눈알이 튀어나온 로봇이 그려져 있었기 때문에 무서워서 건드려보지 못하다가 겨우 읽기 시작한 소설이었다. 이데아가 무슨 말인지 당연히 몰랐고, 이런 이야기를 쓰는 작가는 정말이지 변태이자 미친 괴짜인가 보다, 유미는 생각했었다. 오빠는 그럼 그 책을 너에게 주겠노라고 말했다. 그러더니 옷장에서 커다란 보이스카우트 캠핑 가방을 꺼내 와 만화책과 소설책을 담기 시작했다. 자개장 위 로봇도 하나씩 비닐로 포장해 담았다. 오빠는 유미에게 그만 집에 가라고 했다. 무슨 짓을 꾸미려는 건지 몰라 불안해져 유미는 집에 가지 않고 오빠를 따라다녔다. 오빠는 이제 무시무시한 재앙이 닥칠지도 몰라, 시무룩하게 말하며 입꼬리를 내렸다. 오빠는 가방을 둘러메

고 집을 나섰다. 유미는 따라갔다. 집 앞 놀이터로 간 오빠는
정글짐 뒤 우거진 장미 덤불 안에 캠핑 가방을 집어 던졌다.
유미가 들고 있던 책을 물끄러미 보더니 오빠는 그것도 이리
줘봐, 했다. 유미는 고개를 저었다. 오빠는 그럼 간수 잘하도
록, 하고 비장하게 말했다.

현관문을 박차고 쳐들어오는 큰아빠를 보며 저것이 오빠
가 말했던 재앙이구나, 유미는 생각했다. 큰아빠는 몽둥이를
들고 들어왔는데 처음에 유미는 그것이 사냥총인 줄 알고 정
말 깜짝 놀랐다. 아버지 형제가 틈틈이 총기 소유 허가를 받
아가며 주말마다 사냥을 즐기던 시절이었다. 유미는 큰아빠
가 오빠를 쏴 죽이려는 줄 알고 소스라쳤다. 만약 큰아빠가
총을 쏘려고 하면 자신이 막아주겠다는 각오를 하고 유미는
방에 들어갔다. 이미 캠핑 가방으로 자신이 중요하다고 생각
하는 물건들을 적당히 빼돌려놨기 때문인지, 막상 사냥꾼 아
버지를 마주하고 나니 오금이 저려서 그런지, 오빠는 미동도
않고 서 있기만 했다. 큰아빠가 고함을 지르며 만화책을 찢
고 장난감을 부수고 책상 서랍을 뒤집어엎는 난동을 부리는
데도, 유미는 문지방에 올라서서 발을 동동 굴렀다. 큰아빠
는 유미를 힐끗 보더니 유미가 안고 있던 책을 냅다 빼앗았
다. 어디 이런 그지 같은 것도 책이랍시고 아주, 큰아빠는 오
빠를 노려보며 뇌까렸다.

— 이놈의 자식. 아버지가 진작 다 갖다 버리라고 했어, 안했어?

그때 유미는 큰아빠 뒤에 숨어 오빠에게 지시했다. '잘못했다고 해, 빨리, 어서.' 유미는 눈을 부라리며 조용히 말했다. 오빠는 유미의 말을 못 들은 척하며 눈을 내리깔았다. 유미는 발을 동동 굴렀다. 분에 못 이긴 큰아빠가 라이터를 꺼내 들고 있던 책에 불을 붙일 때 유미는 오빠를 때리며 지금이라도 무릎 꿇고 빌라며 재촉했지만 오빠의 태도는 변함없었다. 유미는 속으로 오빠를 욕했다. 이 등신새끼, 그냥 빌어, 잘못했다고 하라고. 오빠는 난리 통에도 꼼짝 않고 그저 고개 숙인 채 가만히 서 있기만 했다.

그날에 대해 오빠와 이야기 나눈 적은 없었다. 그러나 훗날 유미는 어쩌면 그날 오빠는 자기 아버지가 비싼 컴퓨터만큼은 결코 건드리지 않으리라는 걸 알았기 때문에 끝내 빌지 않았던 것은 아니었을까 짐작해보았다. 최신형 486컴퓨터는 무척 비싼 물건이었다. 분에 못 이겨 고함을 질러대며 여기저기 불을 놓던 큰아빠가 얄궂게도 컴퓨터 쪽으로는 다가가지도 않았다는 걸 유미도 알고 있었다. 오빠는 아주 어린 아이였을 때부터 비싼 컴퓨터를 갖고 있었고 몇 년에 한 번씩 최신 기종으로 바꿔 가졌다. 재혼하며 아들을 떼놓은 큰아빠가 아이를 달래는 유일한 수단이었던 것이다.

사실 보물섬의 모든 것은 그런 식으로 큰아빠가 조달한 것이었다. 큰아빠는 사실상 아들을 방치하면서 자신의 죄책감마저 돈으로 해결하려 들었다. 오빠는 아주 어릴 적부터 지나치게 많은 용돈을 받았다. 돈은 많고 친구는 없었다. 대여점에서 마음에 드는 만화책이나 비디오를 발견하면 웃돈을 주고 사버렸고, 불법 수입된 해적판 잡지들도 PC통신에서 만난 형들에게 그런 식으로 얻었던 것이다.

그러나 오빠의 수집벽으로 형성된 독특한 감각은 곧 그의 인생에 커다란 선물을 안겨줬다. 오빠는 보물섬이 폭발한 지 얼마 되지 않아 국내 최고의 공학전문대학에서 개최한 로봇 경진대회에서 1등상을 받게 되었다. 유미도 깜짝 놀랐다. 컴퓨터를 붙들고 날마다 노는 줄로만 알았던 오빠가 로봇 프로그래밍과 센서 개발에 몰두하고 있었던 것이다. 심사평에는 "우수한 프로그래밍과 더불어 독특한 미술적 감각이 높은 점수를 받았다"라고 적혀 있다고 했다. 오빠는 입상과 동시에 로봇 영재가 되었고, 특기자 지원 자격을 부여받아 예비 입학자로 선정되었다. 오빠가 로봇공학과 예비학교에 들어가기 며칠 전 큰집 마당에서 파티가 열렸다. 큰엄마와 여동생들과 오빠가 모두 한자리에 있는 풍경을 유미는 낯설게 쳐다봤다. 여동생들은 오빠에게 말도 걸지 않았고 큰엄마는 말없이 미소만 지었다. 큰아빠는 사냥해 온 고기를 바비큐로 요리하며 연신 싱글벙글 웃었다. 쓸모없는 개자식이라고 욕할 땐 언제고, 유미는 속으로 생각했다. 누리끼리한 목장갑을 낀 손으로 고기를 집어다 먹으라고 권할 때 유미는 소스라치게 놀라며 도망갔다. 직접 사냥한 고기라는데 무슨 짐승의 고기인지 알 길이 없었다. 유미는 말없이 고기를 받아먹는 오빠를 멀리서 지켜봤다. 로봇 영재가 되어 명문대에 입학하게 될 오빠. 지금껏 그랬던 대로 제멋대로 살 수 있을까? 벌써 저런 고깃점마저 거부하지 못하는데? 유미는 쓸쓸한 기분에 젖었다.

이제 유미는 알고 있다. 로봇 영재라는 한때의 영광은 결코 오빠의 인생을 행복하게 만들어주지 못했다는 것을. 오빠는 결국 로봇공학자가 되었지만, 그것이 그 모든 비극에 값할 만한 성공이었는지 회의가 들곤 했다. 보물섬에 처박혀 자기가 좋아하는 일에 몰두하던 소년은 대학 사회라는 진짜 세상에 던져져 그저 시커먼 남자가 되어버리고 말았다. 유미는 지금도 그날들을 생생하게 기억했다. 예비학교에 들어간 직후부터 영어를 못해서 무시당했던 오빠, 수재들이 모인 학교에서 좌절감에 젖어 몇 번이고 자기 목을 조르던 오빠를. 그러나 그렇다고 해서 오빠의 잘못을 용서받을 수 있나. 그가 불행했던 것이 사실이고 그의 좌절을 바로 옆에서 목격한 사람들이 있다고 해서.

오빠가 예비학교에 입학한 직후 할머니는 혼자 저녁 식사를 하다 냉장고에 물을 가지러 가던 길에 쓰러져 영원히 일어나지 못했다. 큰아빠는 할머니 장례식장에서 줄담배를 피우며 그래도 저 상등신 같던 손주 녀석이, 어따 쓸지 몰라 고민이었던 애가 대학 가는 꼴은 보고 돌아가셔서 다행이란 말을 했다. 오빠는 소리 내지 않으려 애쓰며 서럽게 울었다. 오빠가 잘 돌봐달라고 신신당부했던 햄스터는 어느새 큰아빠가 치워버리고 없었다. 발인하던 날 오빠는 유미에게 '내 햄스터는 어디로 갔을까?' 물었다. 유미는 바비큐가 되어버린 햄스터를 상상하고 눈을 질끈 감았다. 햄스터를 볼 때마다 큰아빠가 '저것들 키워봤자 어디 먹을 것도 없고'란 말을 했던 게 기억났다. 할머니 집은 정리되었고 오빠의 짐은 유미 집으로 옮겨졌다. 오빠는 병역특례요원이 되기 전까지 서울에 올 때마다 유미 집에 다녀갔다. 대학생이 된 오빠는 어른스러워지기는커녕 몸만 자란 것 같았다. 오빠는 유미에게 이런저런 고민을 털어놓기 시작했다. 수강 신청을 해야 하는데 자신으로서는 뭐가 고민이고, 전부 영어로만 수업을 하니 알아들을 수가 없고, 학교 연구실은 자신과 맞지 않는다는 둥…… 고작 중학생인 유미로서는 알아들을 수 없는 이야기였다.

─오빠가 그런 이야기를 한다고 해도 중학생인 내가 해결해줄 수는 없는 거잖아?

　유미의 말에 오빠는 고개를 끄덕이며 그건 그렇지, 쓸쓸하게 대답했다.

　오빠가 대학에서 첫 여름방학을 맞았을 때, 유미는 처음으로 자기 소유의 컴퓨터를 갖게 되었다. 방학 중에도 기숙사에 머물던 오빠는 자신의 하드디스크 메모리를 가져와 유미의 컴퓨터에 그대로 옮겨주었다. 문서 작성을 위한 프로그램과 영화나 음악을 감상할 수 있는 프로그램 등을 깔아주었고, PC통신에 가입하는 방법과 동호회에서 활동하는 팁까지 알려주었다. 오빠는 유미가 보지 않는 틈을 타서 뭔가를 분주하게 지웠다. 유미가 불쑥 다가가 그거 뭐야? 물었을 때 오빠는 화들짝 놀랐다.

　─너한테 필요한 것들만 정리한다고는 했는데 내가 실수로 못 지운 것들이 있어서.

　유미는 그것들이 혹시 예전에 보물섬에 있었던 것과 같은 재미있는 콘텐츠들이 아닐까 잠시 기대했다. 유미는 오빠에게 예전에 나에게 줬던 책의 제목이 뭐였는지 기억나냐고 물었다. 오빠는 〈이데아문고〉 시리즈를 검색하더니 핏발 선 눈알이 튀어나온 로봇이 그려져 있는 책 표지를 보여주며 "도노반의 뇌"라고 말해주었다. 유미는 오빠가 유일하게 나에게 줬던 책인데 다시 구할 수 없겠느냐고 물었다. 오빠는 이미 절판된 시리즈고 자기도 그때 힘들게 구했던 거라 어렵겠다고 말했다. 시무룩한 유미에게 오빠는 원서라도 괜찮다면 구해 주겠다고 했다.

— 그런데 뭘 그렇게 지우고 있는 거야?

유미는 오빠가 지우려던 폴더를 가리켰다. 오빠는 볼록한 모니터를 감싸 안았다. 유미는 오빠가 앉은 의자를 힘껏 걷어찼다. 화면에 낯선 여자 사진 수십 장이 떠 있었다. 유미는 할 말을 잃고 잠시 서 있었다.

— 이게 뭔데? 오빠, 변태야?

오빠는 유미를 노려봤다.

— 내가 좋아하는 사람이야. 너는 반에 좋아하는 애 없냐?

유미는 기가 막혀 오빠를 빤히 바라봤다. 오빠는 입을 앙 다물더니 다시 사진들을 지우기 시작했다. 유미는 그런 오빠가 꼴도 보기 싫어 방을 나섰다. 머릿속에 사진의 잔상이 남았다. 초록을 배경으로 환히 웃는 여자는 미인이었다. 하얀 셔츠와 청바지를 입고 웃고 있는 여자의 전신에서부터 콧잔등에 있는 커다란 점이 보일 정도로 가까이, 카메라 줌을 당겨 그녀의 모습을 찍은 것 같았다. 유미는 식탁에 앉아 곰곰이 생각하다 다시 방에 들어가 오빠에게 물었다.

— 그 여자가 알아? 오빠가 사진 찍은 건?

─몰라. 아마도 모르겠지. 나는 그녀와 이야기를 나눠본 적도 없는걸.

유미는 오빠의 어깨를 잡아 흔들었다.

─이야기해보지도 않았는데 좋아한다고? 바보 아니야?

그날 밤 오빠는 갑자기 복통에 시달렸다. 얼굴이 새하얗게 질려 땀을 흘리는 오빠의 모습을 유미는 처음 봤다. 유미의 부모는 당황해 안절부절못하며 어서 응급실에 가자고 했다. 오빠는 한사코 거절했다. 기숙사에서도 이런 적 많아요. 저는 왜 그런지 잘 알고 있어요. 오빠는 마른 입술을 달싹거리며 말했다. 작은아버지, 죄송합니다.

며칠 후 유미는 아버지 형제가 통화하는 소리를 엿듣게 되었다. 아버지는 한숨을 내쉬었다. 도대체 그게 뭐라고 그렇게까지…… 그냥 눈 딱 감고 이겨내면 되는걸……

유미는 그 말을 잊지 못했다.

─정 그러면 어쩔 수 없지. 내 여자라고 대자보를 붙이라고 해요.

대자보, 유미로서는 처음 듣는 말이었다. 유미는 PC통신에 접속해 대학생들의 커뮤니티에서 대자보라는 단어를 검색해보았다. 등록금 투쟁할 때, 시국선언을 할 때, 부당한 일을 당했을 때 걸어 붙이는 대형 게시물을 오빠가 왜 만든다는 말인가? 유미는 아버지에게 물어보았다.

─아빠, 오빠가 짝사랑하는 여자 때문에 대자보를 붙인다는 게 무슨 말이에요?

─그러게 말이다. 그 바보 같은 놈이 곧 졸업하고 결혼할 여자 때문에 병이 났다지 뭐냐. 안 되면 그거라도 해야지 어쩌겠냐.

유미는 충격을 받았다. 아버지에게 더 이상 물어봤자 소용없을 것 같았다. 유미는 오빠에게 거지 같은 짓을 그만두라고 단단히 경고해야겠다고 마음먹었다. 새 학기가 시작되기 전 주에 집에 온 오빠에게 유미는 말을 걸었다.

─오빠, 좋아하는 여자 때문에 많이 힘들지?

오빠는 유미의 말에 놀란 듯 잠시 침묵하다 눈물을 흘리며 이야기를 시작했다. 그녀를 어떻게 알게 되었는지, 몇 번이고 주변을 통해 자신의 진심을 전달했으나 번번이 무시당했다는 이야기, 그녀의 약혼자가 보란 듯이 학교로 날마다 그녀를 만나러 온다는 이야기…… 오빠가 어찌나 서럽게 울던지 유미는 아무 말도 못 했다. 할머니 장례식장에서밖에 본 적 없는 모습이었다. 내 햄스터는 어디로 갔을까? 쓸쓸하게 묻던 오빠의 모습을 유미는 기억하고 있었다. 그녀의 약혼자가 누구에게 보란 듯이 학교로 온다는 말이야? 오빠, 정신차려. 그녀는 오빠에게 보란 듯이 살고 있는 게 아니야. 그냥 자기 인생을 살고 있는 거라고. 그런 말들을 해주고 싶었지만 유미는 아무 말도 할 수 없었다.

　─아버지 말대로, 작은아버지 말대로 내가 병신새끼라서
그런 거겠지. 그렇지?

　오빠는 울먹였다. 선배들 말대로 특기자랍시고 들어와서
수업도 못 따라가고. 할 줄 아는 거라고는 호작질밖에 없는
병신이니까. 너도 그렇게 생각하지? 나는 누구에게도 사랑
받을 수 없을 거야. 오빠는 눈물을 훔치며 말했다. 유미는 기
가 막혀 아무 말도 하지 못했다.

　몇 달 후 유미는 PC통신에서 난데없는 메시지를 받았다.
"안녕, 유미? 오빠야. 잘 지내고 있니?" 유미는 답장했다. "아,
이걸로도 대화할 수 있는 거였네. 잘 있어?" 다음 날 유미가
통신에 다시 접속했을 때 부재중 메시지가 와 있었다.

　"유미야, 엄청난 비밀을 알아버렸어. 그녀에 대해서. 나
는 이제 그녀를 바비라고 부르기로 했어. 그녀의 아이디가
barbiebot이거든. 이제는 그녀를 생각해도 조금도 고통스
럽지 않아. 그럴 만한 여자가 아니라는 걸 내가 알아버렸거
든."

　얼마 후 유미에게 우편물이 도착했다. *Donovan's Brain*.
오빠가 구해 주겠다고 약속한 책이었다. 첫 장에 짤막한 메
시지도 적혀 있었다. '인공지능을 상상해봐. 그는 사람과 똑
같이 생각하고 느끼지, 그래야 인공지능이니까. 그런데 어느

날 깨달아버린 거야. 등이 가렵다고 느꼈는데 자신에게는 긁을 등이 없다는 것을.' 유미는 영어사전을 끼고 다니며 책을 읽었다. 알 수 없는 오빠의 메시지도 함께 해독하며.

그녀를 생각해도 조금도 고통스럽지 않다는 것은 거짓말이거나 착각이었다. 오빠는 유미와 마지막으로 만나던 즈음까지, 그러니까 그로부터 4년 정도 흘렀을 무렵까지 그녀를 잊지 못했다. 때때로 스트레스성 복통에 시달리고 간혹 식음을 전폐하던 것까지 여전했다. 오빠는 그런 사실들을 유미에게 솔직히 털어놓았다. 어차피 내가 병신인 거 너는 다 아니까 숨기고 말고 할 것도 없지, 뇌까리면서. 유미는 매번 생각했다.

오빠, 남들이 들으면 거짓말인 줄 알겠다. 2D나 다름없는 상대를 짝사랑하면서, 이렇게 힘들어한다는 게 말이 돼?

유미는 아직 그 책을 갖고 있었다.

오빠의 메시지가 무슨 의미였는지도 이미 오래전부터 알고 있다.

그녀가 오빠의 인생에서 결코 2D가 아니라는 것도.

마치 PC통신 시절에서부터 지금에 이르기까지 기술 발전이 조금도 이뤄지지 않았다는 듯, 오빠와 자신을 포함한 누구도 성장하지 않았다는 듯. 십수 년 세월을 뛰어넘어 그때처럼 난데없는 오빠의 메시지가 도착해 있었다. 논문 심사를 마치고 초록을 작성하던 무렵이었다.

"오늘 그녀를 다시 만난 날이란다. 고작 이렇게 내 손에 쥐일 거면서, 그 오랜 시간 동안 나를 힘들게 했다고 생각하니 기가 막혔지. 여기 그녀의 얼굴을 첨부한다. K-Bot. jpg"

초록에서 가장 핵심적인 대목이라고 할 만한 문장은 메시지를 확인하고 얼마 지나지 않아 작성되었다. 새로운 매체에는 새로운 언어가 필요하다. 그것이 이 특수한 매체 환경에서 생존하는 방식, 우리에게 요청되는 새로운 문해력이다. 유미는 논문 학기를 보내며 지도교수에게 몇 번이나 말했다. 인터넷의 혐오 발언이나 정치적 보수화 현상을 예전과 같은 방식으로 이해할 수는 없어요. 해석학적 전통에 의해 만들어진 근대 주체의 이미지는 이제 더 이상 유효하지 않다는 말입니다. 유저들은 이제 사이보그와도 같아요. 새로운 매체라는 기술의 종속변수로서 움직이고 있다고요. 지도교수는 유미가 원고 빼곡하게 캡처해온 혐오 발언과 논쟁을 들여다보며 인상을 찌푸렸다.

—사실 내가 보기에 이것은 '외화'된 형태 같기도 한데. 매체의 문제라고 하기에는 애매하게 느껴지기도 한단 말이지? 내가 보기에는.

유미는 지도교수의 말과 함께 오빠의 메시지를 떠올렸다.

이미 논문은 완성되었고, 교수들이 아무리 트위터 타임라인 자체를 논문의 근거로 인정할 수 없다고 한들 유미로서는 어쩔 수 없었다. 이 시점에서는 '혐오 발언 생산은 주체가 매체의 종속변수임을 드러내는 징후'라는 대목을 설득력 있게 만들기 위해 참고문헌을 더욱 보충하는 수밖에 없었다. 유미는 오빠의 메시지를 잊으려고 애썼다.

"내 사촌 여동생, 유미야. 잘 지냈니. 곧 전시를 열 예정이란다. 너무 오래 걸렸지. 한동안 로봇디자이너의 길을 외면하고 방황했단다. 더 이상 부모에게 폐를 끼치지 않는 인간으로 제 몫을 다하기 위해 노력해온 삶이랄까. 내 인생 목표는 오직 그것뿐이었단다. 유미 너도 기억하고 있겠지만 이십 대 내내 나는 나 자신의 연정조차 어쩌지 못해 부모에게 도움의 손길을 청하곤 했었지. 폭군 같던 아버지에게조차. 물론 후회하고 있단다. 사람의 마음은 결코 억지로 얻을 수 없다는 것을 이제 분명히 알고 있지. 오래전에 네가 했던 말을 기억하고 있다. '그 시간들은 오빠에게 선물과도 같은 시간이었어.' 로봇경진대회에서 수상했을 때 축하와 함께 네가 건넨 말이었다. 학교에서 따돌림당하고 부모로부터 버려진 내가 방구석에 처박혀서 로봇디자이너의 꿈을 키워올 수 있었다는 뜻이었겠지. 그러나 유미 너도 이제는 알고 있겠지. 그런 시간들은 결코 선물이라 표현할 수 없지. 내가 그녀 때문에 고통받았던 오랜 시간이 결코 선물이 아니듯. 나는 서른 살이 다 되어서까지 그녀를 기다렸단다. 그녀에게 편지를 보내고 그녀의 집 앞에서 기다렸단다. 철저히 무시당했지만. 연구실 사람들은 이제 모리 마사히로의 '불쾌한 골짜기'는 폐기되었다고 이야기한단다. 로봇이 인간의 얼굴을 닮으면 언캐니한 공포를 느끼게 된다는 이론 말이지. 이미 너무 많은 여자가 성형을 해서 얼굴을 조합하는 이 시대에 그게 무슨 의미가 있겠냐는 말이야. 너도 기억하니. 그녀도 결국 성형한 얼굴이었지. 그 사실을 알고도 그녀를 잊지 못했지만. 그녀의 얼굴을 닮은 로봇을 만들었단다. 우리 연구실 조교 기영의 이름을 따서 K-Bot이라고 이름 붙였지만, 그러나 나는 그녀를 바비라고 부르지. 이미 내가 사랑했던 여자의 얼굴이 프랑켄슈타인의 괴물과도 같은 얼굴이었다는 것을 나는 이제야 온전히 인정하지."

유미는 열람실 앞 벤치에 앉아 논문 학기를 돌이켜봤다. 최종 제출일까지 이틀밖에 남지 않았다. 교수들에게 다시 검토를 받아 최종 승인을 얻어 논문을 제본하려면 시간이 빠듯했다. 그러나 오빠를 생각하니 자기 앞에 주어진 다급한 과업이 손에 잡히지 않았다. 왜 철학과를 떠나야겠느냐고 누군가 질문했을 때 유미는 '이론의 근거를 문헌이 아닌 현실에서 찾고 싶다'라고 대답했었다. 현실은 징후로서 이론을 증명할 수 있다는 것을 유미는 얼마간 믿었고 대학원 생활은 그 현실에 대한 질문의 연속과 같았다. 그러나 어쩌면 자신이 질문을 잘못 던졌을 수도 있으며 질문을 바꿔 던져야 할지도 모른다고 유미는 생각하고 있었다. 자기가 세운 가장 중요한 전제가 틀렸을지도 모른다고 유미는 고통스럽게 인정했다.

오빠의 가장 큰 잘못을 유미는 기억했다. 그녀의 PC통신 아이디를 해킹해서 그녀의 사적 기록을 훔쳐보고, 졸업을 목전에 둔 그녀에 대한 악질적인 소문을 퍼뜨렸다는 것을. 온통 수재들이라는 그 학교 학생들은 왜 고작 그런 소문 때문에 그녀를 비웃었다는 걸까. 부모에게 사정을 전해 들은 유미는 그렇게 생각했다. 믿기지 않지? 그런 걸로 사람을 매장할 수 없다는 건 너무 당연한 이야기인데…… 유미는 가장 가까운 친구에게 그 이야기를 하며 덧붙였다.

유미는 오빠가 보낸 사진을 열어봤다. 몸통이 없는 그녀가, 오래전 오빠가 다급하게 지우던 사진 폴더 속 아름다운 그녀가 아크릴 판에 세워져 있었다. 분명 그녀를 닮았지만 그녀일 리 없는, 그녀의 얼굴을 모욕하는 그녀의 괴상한 얼굴이. 모리 마사히로의 불쾌한 골짜기를 운운하는 오빠의 말이 떠올라 유미는 괴로웠다. 그 순간에도 옆에 앉아 힐끔거리며 유미를 관찰하는 남자가 있었다.

신세이다이 가옥

후암동 옛집에 대해서는 누구도 먼저 말을 꺼낸 적 없었다. 가족들 사이에서는 그랬다. 그러나 밖에서의 나는 공공연히 후암동에 대해 말하곤 했다. 멀리 남산타워를 바라보며 끝없이 올라야 했던 낮은 언덕들과 지금은 카페가 된 옛 이웃집들이 있던 후암동에서 서울 토박이로서의 내 정서적 기반이 형성되었다고.

"아마 그 집들도 할머니 집처럼 권연벌레가 득실거렸을 거야."

종종 어린 나를 겁주기 위해 "말 안 들으면 삼광초등학교로 다시 전학 보낼 거야"라고 무섭게 을러대던 어머니는 얼마 전 내게 넌지시 이야기했다. 그 집을 떠나고 몇 년 후 운전면허를 취득했을 때 후암동 쪽으로 차를 몰고 가본 적 있다고. 고가도로 밑에서 유턴하는데 속도를 줄이지 않아 옆에서 아버지가 고함쳤고, 어머니는 몇 번이나 시동을 꺼뜨려 줄담배를 피워대던 아버지에게 곧바로 핸들을 내주어야 했다. 그날 이후 어머니는 다시는 핸들을 잡지 못했고 20년을 장롱면허로 썩히다가 얼마 전 운전면허 갱신을 포기했다. 옛집을 떠난 이후 어머니의 입에서 '후암동'이라는 단어가 나온 적은 그때가 처음이었다. 그리고 얼마 지나지 않아 야엘이 한국에 왔다.

때문에 야엘이 한국에서 살았던 집에 대해 이야기했을 때, 나는 깜짝 놀라고 말았다. 야엘이 한국에서 살았던 곳이라면 후암동의 그 집밖에 없었다. 동생과 함께 2층 방을 썼던 게 기억난다는 그녀의 말을 듣자, 순식간에 내 머릿속에 마루와 방들, 화장실이 경계 없이 이어진 그 집의 정경이 떠올랐다. 야엘은 자기가 한국에 대해 기억하는 거라곤 그 집과 꼬마 소년뿐이라며 그 집에 가보고 싶다고 말했다. 남양주경찰서 접견실에서 아버지는 금단증상에 시달리는 사람처럼 계속 손을 떨었고, 간혹가다 짧은 영어로 야엘과 내 대화에 끼어들기는 했으나 대체로 가만히 있었다. 야엘은 처음 보는 사촌동생인 내게 주로 말을 건넸다. 사촌동생이라는 말이 그토록 공허하게 여겨지긴 처음이었다. 야엘은 아버지 쪽은 쳐다보지 않았고 가끔 어머니 쪽을 일별했다. 그녀가 오래전에 본 젊은 부부가 노년에 가까워진 모습으로 변했다는 걸 어떤 기분으로 바라보는지 궁금했다. 가족 접견이라는 이름을 단 만남이었으나, 야엘을 포함해 우리들은 그 어느 때보다 가족이란 이름에 걸맞지 않았다. 야엘은 자기를 김포공항까지 데려다준 작은아버지인 우리 아버지를 기억했으나, 그 딸에 대해서는 아는 바 없었다. 야엘이 한국을 떠난 1983년에 나는 아직 세상에 없었다.

마당 있는 집…… 2층에 우리 방이 있었고, 1층 부엌 옆 쪽 방이 아주머니 방이었다.

꼬마 소년. 작은 남자아이. 나의 가장 어린 동생.

아버지를 태우고 운전하는 건 처음이었다. 평생을 전방을 제대로 주시하지도 않고 한 손으로 운전하던 아버지는 그날 도저히 운전을 할 수 없겠다고 했다. 나는 긴장했다. 운전한 지 1년밖에 안 되기도 했고 나는 유독 운전에 소질이 없었다. 고속화도로에서는 번번이 출입구를 헷갈렸고, 낯선 길에만 접어들면 내비게이션의 안내를 잘 알아듣지 못했으며, 일방통행 골목을 역주행하는 일은 예사였다. 운전면허가 없는 남편을 태우고 다닐 때는 차라리 내 멋대로 할 수 있었지만 아버지가 조수석에 앉자 너무 긴장한 탓에 편두통이 밀려왔다. 의외로 아버지는 내 운전에 대해 아무런 타박도 하지 않았다. 그저 눈을 감고 침묵할 뿐이었다. 그날 운전은 평소보다도 엉망이었는데 말이다. 남양주 시내에 접어들었을 때, 좌회전 신호가 끝난 것을 알지 못하고 유도선을 도는 바람에 사방에서 경적이 울렸는데도 아버지는 눈을 뜨지 않았다. 어머니에게는 오래전 자신을 향해 고함을 지르던 남편의 모습이 떠올랐을 터였다. 위험천만했지만 아무도 입을 열지 않았다. 남양주경찰서로 가는 길이었다.

오랫동안 꿈꾸던 일이 이뤄지듯 그렇게 야엘이 한국에 왔다.

언젠가 경찰서에서 연락이 온다면 누가 대표로 가야 하나, 나는 오래전부터 생각했다. 그녀가 말하는 꼬마 소년은 내 사촌오빠 강장훈이었고, 그는 이제 마흔을 넘겼다. 프랑스인 야엘 나임, 한국 이름 강장희. 강장희와 강장선과 강장훈. 삼 남매의 사진을 본 적 있었다. 강장희와 강장선은 내가 태어나기 전에 한국을 떠났다. 강장훈에게는 새어머니와 아버지 사이에서 태어난 두 동생이 있었는데, 강예리와 강예은이 그의 친동생이 아니라는 것을 나는 초등학교에 입학하기 전에 눈치챘다. 강장희와 강장선이 평생 한국을 찾지 않는다면 다행이겠지만, 만약 다른 입양아들이 그러하듯 그들이 제 부모를 찾아 한국에 온다면 누가 그들을 맞을 것인가. 새 가정을 꾸린 지 30년이 넘은 큰아버지가? 그들의 존재를 아직도 모른다는 큰어머니나, 강예리와 강예은이? 그들을 외국으로 입양 보내자고 최초로 제안한 사람은 할머니였지만 그녀는 이미 죽고 없었다.

두 자매가 있다. 언니가 동생을 낳고 동생이 언니를 낳는다. 서로를 낳는 이 자매는 누구인가…… 스핑크스의 그 질문을 알게 되었을 때, 나는 강장희와 강장선을 떠올렸다. 정답은 낮과 밤. 옛날 옛적에 읽은 흔해빠진 이야기가 운전하는 내내 머릿속을 맴돌았다. 우리는 남양주경찰서에 도착할 때까지 야엘 나임이라는 사람이 강장희인지 강장선인지 모르고 있었다. 1983년, 그들이 한국을 떠나기 반년 전에 내 부모는 결혼식을 올렸다. 가족사진 한구석에 양장을 맞춰 입은 장희와 장선이 있다. 장희와 장선은 자주색과 곤색으로 색깔만 다른 벨벳 치마를 입고 있다(그건 내 어머니의 결혼 예단이기도 했다). 장희와 장선의 생김새는 서로 매우 닮아 있다. 큰아버지를 닮아 둥근 얼굴에 몽고주름이 선명한 외까풀 눈, 그리고 언젠가 외국 영화에서 본 표현대로 '꿀색' 피부. 아버지는 그녀들을 구분할 수 있을까. 야엘을 보고 그 사람이 장희인지, 장선인지 알아볼 수 있을까. 경찰서에 도착해 주차하면서 나는 아버지에게 물었다.

"누군지 알 수 있겠어요?"

아버지는 미간을 찌푸리며 대답했다.

"누군들 그게 중요하냐."

후암동 집은 할머니가 죽기 전 소유한 집이었다. 비록 좁
은 골목에 다른 집들과 다닥다닥 붙어 있었지만 마당까지 딸
린 엄연한 2층짜리 독채였다. 그 집을 떠올리면 담벼락에 피
어 있던 능소화부터 생각난다. 후암동은 부모님 손에 끌려가
던 무서운 친가가 있는 동네였고 어린 내게 능소화는 할머니
얼굴처럼 섬뜩하기만 했다. 사업을 하던 아버지가 기어이 고
덕동 아파트까지 해먹고 우리가 후암동 집으로 들어가게 됐
을 때, 고덕동에서 후암동으로 가는 내내 아버지는 자꾸만
화를 냈다.

"십팔새끼들 운전을 개좆같이 하네."

어머니는 평소와 달리 나로선 생전 처음 들어보는 쌍욕을
아버지에게 퍼부으면서 여기 너만 운전하냐, 란 말을 반복했
다. 어머니가 진짜 하고 싶은 말은 따로 있다는 걸 나는 알고
있었다.

우리가 후암동 집에 살았던 기간은 1년이 채 되지 않는다.
아버지의 소유였던 고덕동 아파트를 판 게 아니었으니까. 훗
날 돌이켜보며 나는 완전히 망했다고 생각했던 그 어린 시

절이 실은 그다지 망한 것도 아니었다는 사실에 놀라워했다. 나와 남편이었다면 그렇게까지 가진 게 없었을 때 아파트를 팔지 않고 버텨낼 수 있었을까? 고덕동 아파트를 전세 놓고 다시 사업을 벌인 아버지는 반년 만에 회복해서 나를 원래 다니던 초등학교로 전학 보내주었다. 다시 학교에 갔을 때 나를 기억하는 아이들은 몇 없었다. 학급 부원들이 "교가를 가르쳐줄게" 하면 나는 그 노래를 안다고 말하기가 쑥스러워 그냥 배웠다. 살던 집을 전세 놓고 나갔다가 세입자를 내쫓고 다시 집에 들어가는 과정에 대해서는 몰랐으나, 고덕동으로 돌아왔을 때 '모든 것이 제자리로' 돌아왔다고 느꼈던 순간에 대해서는 명확하게 기억하고 있다.

고덕동 아파트는 내가 스무 살이 되었을 때 재건축되었다. 아파트가 새로 지어지는 동안 우리는 근처 빌라에서 살다가 1978년식 아파트가 초고층의 주상복합건물로 변신했을 때 다시 그곳에 들어갔다. 남편을 처음 만났을 때 그는 내게 "그래도 평탄한 유년 시절을 보내셨네요"라고 했는데, 나는 그 말이 기분 나빴고, 그 말의 진의가 뭘까 일주일 동안 생각했다. 그는 이름도 처음 들어보는 깡촌 출신인데 나는 서울에서 태어나 자랐기 때문? 우리 집 숟가락 사정도 모르면서 그따위 말을 하는 데 기분이 상했었다. 연애할 때 우린 딱 한번 크게 싸웠다. 결혼 얘기가 나오던 즈음이었는데, 그가 "그래도 자기네 집은 형편이 되니까……"라고 중얼거렸다. 사실 틀린 말도 아니었는데, 그때 나는 나도 모르게 후암동 집에 얹혀살던 시절이 떠올라 그에게 화를 냈다.

화가 났던 게 그것 때문만은 아니었다. 내게 부동산은 공포였다. 결혼 날짜를 넉넉히 1년 후로 잡아뒀을 때부터 나는 스트레스에 시달렸다. 본래 식탐이 많았지만 그즈음에 나는 하루에 한 끼를 겨우 챙겨 먹었고, 죽어라 매달릴 건 그것밖에 없다는 듯 운동에 집착했다. 하루에 5킬로미터씩 운동장을 뛰었고 줄넘기를 했다. 그런 나를 두고 친구들은 웨딩 다이어트를 하냐며 웃었지만 나는 정말이지 공포를 느끼고 있었다.

서울에 방 한 칸 얻는 게 그렇게 힘들지는 몰랐다. 나는 내내 부모님과 함께 살았기 때문에 자취하는 다른 친구들처럼 '피터팬' 같은 집 구하기 커뮤니티를 들락거릴 필요도 없었고, 강남이 비싸다는 정도만 알았지 서울 각 지역의 시세를 전혀 몰랐다. 내 눈에는 다 무너져가는 집의 전세가 몇억대라는 사실이 경악스러웠다. 남편의 집에서는 남편이 결혼할 때 주려고 마련해둔 돈 몇천만 원이 전부라고 했고, 우리 집도 고덕동 아파트를 팔지 않는 이상 별다른 방도가 없었다. 남편의 입장에서야 우리 집이 그나마 괜찮아 보였겠지만 나는 그때 말 그대로 공포를 느꼈던 것이다. 내게 집값을 전부 떠넘기면 어쩌지? 강남은 당연히 꿈도 못 꾸고 마포나 강변 같은 동네도 말도 안 되게 비싸고…… 용산은 놀랍도록 비쌌다. 내게 그 동네는 우리 집이 망했을 때 기어들어 간 동네였는데? 결혼을 준비하는 1년 동안 나는 예전보다 더 많이, 더 깊이 후암동 집을 생각했다. 1980년대의 상황과 지금의 상황은 물론 다르겠지만 어떻게 할머니는 그 집을 소유했을까. 그러고도 어떻게 작은아들에게 떡하니 고덕동 아파트를 사주었을까? 어머니는 결혼을 앞둔 내게 농담하곤 했다.

"가난한 남자랑 결혼하려니 피곤하지?"

내 문제에 공감한다는 듯 말했지만 아버지와의 결혼을 앞둔 1982년에 어머니는 가난과는 다른 문제에 직면해 있었다. 그건 바로 강장희와 강장선과 강장훈, 세 아이들이었다. 예비 시댁의 사정은 만만찮았다. 결혼 전 어머니가 후암동 집으로 처음 인사를 드리러 갔을 때, 큰아버지의 첫번째 부인은 사라지고 없었다. 어머니는 그녀가 세 아이를 낳고도 그렇게 사라져버린 까닭을 얼마 안 돼 이해하게 됐다. 예비시아버지는 돌아가신 후였는데, 그에 대해서는 "징용 끌려갔다 와서……"란 설명만 들었고, 어머니는 더 이상 묻지 않았다. 당시 후암동 집에 살고 있던 식구는 할머니, 큰아버지, 장희와 장선과 장훈, 그리고 시댁 될 집에 인사드리러 간 첫

날 어머니를 놀라게 한 아버지의 여동생, 고모였다. 어머니는 고모를 처음 본 순간을 영원히 잊지 못할 거라고 했다. 할머니 때문이었다. 고모는 누가 봐도 임부라는 게 티가 날 만큼 배가 불러 있었는데, 무슨 말을 하려고 하면 할머니가 득달같이 고함을 질렀다고, 임신한 여자를 어찌나 구박해대는지 소름이 끼쳤다고 했다. 그래도 어머니는 그때 그길로 도망 나오지 않은 것에 대해서 한 번도 후회하지 않았다. 비정한 어머니에 홀아비인 큰형에, 그리고 어찌된 사정인지 홀몸으로 애를 배고 있던 여동생이 있었지만 아버지를 믿을 만한 남자라고 생각했으니까. "자기 사업도 하고 아파트랑 차도 있었으니까?"라고 내가 물으면 어머니는 눈을 흘겼지만, 그게 가벼운 이유가 아니라는 걸 결혼을 준비하는 동안 확실히 알게 됐다.

그때 고모가 품고 있던 아이는 내가 어린 시절에 유일한 사촌언니라고 믿었던(장희와 장선의 존재를 몰랐을 때) 강수진이다. 그녀는 친가의 손주들 중 가장 공부를 잘했다. 예리와 예은이 재수 없게 굴 때마다 앞장서서 내 편을 들어주기도 했다. 그녀는 중학교 때 자기 어머니를 1층 쪽방에서 2층 커다란 방으로 옮기는 데 성공했다. 남양주경찰서에서 야엘이 후암동 집에 대해서 기억나는 대로 말하며 "1층 부엌 옆 쪽방이 아주머니 방"이었다고 했을 때, 나는 그녀가 말하는 아주머니가 누구인지 단번에 알아듣지 못했다. 그녀는 고모를 말하는 것이었다. 일곱 살 어린아이의 머릿속에도 깊숙하게 새겨졌을 그 모습, 할머니에게 지독하게 구박당하던 고모.

우리가 그 집에 살 때 할머니는 아침밥을 야무지게 먹고 등교하려는 수진의 뒤에다 대고 뜬금없이 독한 년이라고 욕을 했는데, 수진은 못 들은 척 씩씩하게 걸어 나갔다. 수진의 인내심을 시험하기라도 하려는 듯 그 뒤로도 욕을 퍼부어대던 할머니는 "언젠가 저년이 나를 죽일 거다"라고 뇌까리기까지 했다. 할머니가 돌아가시던 날 수진은 누구보다 열심히 울었다. 수진은 그때 서울에서 가장 들어가기가 힘들다던 외고 입학을 앞두고 있었고, 나에겐 동경의 대상이었다. 역시 수진 언니는 다르다. 나는 죽어라 쥐어짜도 눈물이 나오지 않는데. 자기보다 어린 예리와 예은이 식모 대하듯 하는데도 담대하게 견뎠던 수진은 대학교에 입학할 때까지 후암동 집에서 버티며 살았다. 고모를 지키면서. 나는 채 1년이 못 되는 시간도 버티기 어려웠던 후암동 시절을 생각하면, 지금은 대기업 소속 변호사가 되어 남부럽지 않게 살고 있다 해도 그녀가 가엾어진다. 어떤 종류의 기억은 사람을 영영 망가뜨릴 수밖에 없기에.

어머니는 1980년대 당시의 유행대로 결혼식에 앞서 약혼식을 올린 후 1년간 출근하듯 후암동 집에 드나들었다. 장희와 장선과 장훈을 씻기고 먹였고, 출산을 앞둔 고모를 돌봐주었다. 왜 도망치지 않았을까. 그땐 단지 아버지의 여자친구일 뿐이었는데. 나는 몇 번이고 물었지만 어머니는 대답하지 않았다. 다만 어머니는 두려웠다고 했다.

딸 둘에 아들 하나를 낳게 될까 봐.

나를 낳은 후 더는 아이를 낳지 않기로 한 부모님은 종종 할머니의 막말에 시달려야 했다. 유치원에 다닐 적엔 나도 그 말을 또렷이 들었다.

"너희들은 왜 피임을 하는 것이냐? 죄받고 싶냐?"

나는 그 '죄받는다'라는 말을 할머니에게서 배웠다. 가톨릭은 불교, 개신교에 이은 할머니의 세번째이자 마지막 종교였다. 성당에서 그런 말을 들었던 걸까, 짐작해보기도 했다. 피임도 유산도 죄받을 일이라는 말. 그러나 할머니는 혹시 생기는 게 딸이면 떼버리라는 말도 거침없이 했다.

딸 둘에 아들 하나란 아직도 설명이 필요한 자녀 구성이다. 많은 친구가 "저희 집은 딸 둘에 아들 하나고요, 막내는 우연히 생긴 거래요"라거나, "저희 집은 딸만 셋이어도 괜찮았는데 남동생이 생긴 거래요"라는 식으로 둘러대는 걸 봤다. 물론 그 어떤 경우도 내 큰아버지의 자식들, 장희와 장선과 장훈의 사례에 비할 수는 없었다.

어머니는 장희와 장선을 입양 보내는 날까지 그 사실을 몰랐다. 결혼한 지 6개월이 지났을 때였고 후암동 집에 거의 붙어 살다시피 했는데도. 그날도 어머니는 후암동 집에서 수진을 낳은 지 얼마 되지 않은 고모와 장희 삼 남매를 돌보는데 여념이 없었다. 애들 넷을 보살피는 꼴이었다. 그런데 나란히 노란 가방을 메고 당시 탁아를 겸하던 미술학원에 간다고 나간 장희와 장선이 밤늦도록 돌아오지 않았다.

그 시절 어머니와 장희와 장선이 함께 찍은 사진이 있다. 주황색 능소화를 배경으로 어머니는 두 아이의 어깨를 붙들고 있다. 아이보리색 투피스 정장 차림이다. 어머니는 언젠가 말했다.

"난 그건 기억난다. 장선이가 작은엄마 왜 요즘은 예쁜 옷 안 입어요, 했던 거."

그렇게 차려입고 예비 시댁에 가서 애들 보기부터 김장까지 다 했다고 했다. 그런데 그 말밖에는 딱히 장희와 장선이 어떤 말을 건넸었는지 기억나지 않는다고 했다. 묻는 말에도 대답을 잘 안 하던 아이들이었으니까. 아니, 어른이라면 덜컥 겁부터 내던 아이들이었다. 그런데 어느 날 변죽 좋게 그런 말을 해와서 기억이 난다고 했다.

"뭔가 내 처지를 알고 하는 말 같기도 하고…… 그때는 솔직히 그 애들에게 많이 지쳐 있었어. 그래서 그 말에 대답을 안 해주었던 것 같다. 시큰둥하게 그냥 한번 보고 말았지."

어머니는 자기가 기억하지 못하는 수많은 순간에 아이들에게 눈치를 줬으리라고 술회했다. 야엘은 어머니를 어떻게 기억할까, 나는 궁금했다.

대개 입양아들이 고국을 찾아오는 용건은 친부모를 찾기 위해서다. 하지만 야엘은 아니었다. 야엘은 우리가 경찰서에 도착하기 전에 자신의 의사를 분명히 밝혔다고 했다. 자기에게는 부모가 없다는 식으로 말했는데, 그게 비유인지 아닌지 잘 모르겠다고 경찰이 이야기했다. 그 집, 그리고 꼬마 소년. 야엘이 한국에 대해 기억하는 건 그것뿐이고, 한국에 온 까닭은 생전에 막냇동생을 꼭 한 번 만나보고 싶어서라고 했다. 오직 아들이어서 한국에 남을 수 있었던 막냇동생 장훈. 그녀가 자기를 버린 아버지를 찾을 의사가 없다는 건 얼마간 다행스러운 일이었다. 야엘은 끝내 장선에 대해서는 이야기하지 않았지만 야엘과 대화를 하다가 나는 그녀들이 각각 다른 나라에 입양되었다는 걸 알게 됐다. 아이들을 데리고 김포공항에 나갔던 아버지조차 모르던 사실이었다. 야엘은 홀로 프랑스로 가 북동쪽 소도시 스트라스부르에서 평범한 가정의 외동딸로 자라났다고 했다. 아버지는 으레 해야 하는 말을 하는 것처럼 짧은 영어 문장으로 야엘에게 말을 걸기도 했는데, 결국 마지막 질문은 "결혼은 했니?"였다.

야엘은 정형외과 전문의와 결혼한 지 10년이 넘었다고 말했고, 그때 부모님의 얼굴에 처음으로 안도하는 기색이 어렸다. 나는 야엘에게 그녀가 그토록 보고 싶어 하는 막냇동생 장훈의 메일 주소를 적어주었다.

야엘은 한국에 며칠 더 머무를 거라고 말했는데, 알고 보니 야엘은 남편과 함께 한국에 온 거였다. 야엘이 굳이 나올 필요가 없다고 했는지 그녀의 남편은 끝내 차에서 나오지 않았다. 어머니는 심란해하며 말했다.

"프랑스인이겠지?"

돌아가는 길에도 운전은 내가 해야 했다. 아버지가 자꾸 머리가 아프다고 했다. 나는 고덕동까지 가는 길을 머릿속으로 그려보며 심호흡을 했다. 심장이 아프다고 느꼈는데, 운전을 해야 하는 탓에 긴장한 것이라고 생각했다. 그냥 아버지를 이해하고 싶기도 했다. 아버지에게는 야엘을 만나는 순간이야말로 필생의 순간이었을 것이다. 1983년에는 미처 알지 못했겠지만.

장훈은 장훈대로, 수진은 수진대로 참 대단하다고 생각했던 건 그들은 후암동 집의 쇠냄새에 대해 아무 말도 하지 않았기 때문이다. 그 집에 살던 시절 나를 괴롭혔던 건 특유의

신세이다이 가옥 131

쇠냄새였다. 냄새의 원인은 그릇과 수저에 있었다. 어머니는 결혼 예단으로 갖가지 물건을 해 왔는데, 할머니가 고집을 부리며 그릇붙이 따위는 필요 없다고 했다는 거였다. 아직도 후암동 집을 생각하면 그 비릿한 냄새가 코끝에 맴도는 것 같다. 거무튀튀한 쇠그릇에 담긴 반찬도 밥도 먹기 싫었지만 할머니 앞에서 밥투정이란 있을 수도 없는 일이었고, 묵묵히 밥을 먹는 사촌들을 보는 게 미안하기도 했다. 특히 장훈과 수진을 보는 마음이 그랬다. 장훈은 할머니가 죽고 못 사는 손자여서 비싼 배나 멜론 같은 것이 생기면 혼자만 먹을 수 있었고, 제사에서 절을 할 수 있는 유일한 손주였는데도 나는 늘 그가 불쌍했다. 그에게 어린 시절에 떠나보낸 누나들이 있다는 걸 몰랐을 때부터. 예리가 시도 때도 없이 장훈을 걷어차는 걸 봤기 때문이기도 했다. 예리와 예은 자매에 대해서는 별로 추억하고 싶은 것도 없고, 그녀들도 후암동 집에서 나름대로 버티며 어린 시절을 보냈겠지만 그다지 동정하고 싶지 않다. 내게 그 집에서 나 말고도 불쌍한 딸은 수진 뿐이었다.

예리는 한참이나 언니인 수진에게 종종 너, 너 하며 반말을 했는데 그때마다 수진은 웃고 말았다. 수진은 키도 크고 덩치도 커서 곰 같았다. 둥글넓적한 얼굴이 희디희어서 백곰 같았던 수진은 온순한 곰처럼 예리와 예은의 예의 없는 행동을 참아냈다. 다만 그녀들이 내게 손찌검을 하려 들 때나 할머니에게 나에 대한 터무니없는 험담을 할 때면 미간을 찌푸리며 언성을 높였다. 그럴 때마다 나는 수진이 쓰고 있는 작은 무테안경마저도 의젓해 보인다고 생각했다. 양보도 잘하고 인내심도 강한데 화도 낼 줄 아는 언니.

나는 그녀가 후암동 집에서 20년 가까이 살았다는 게 여전히 믿기지 않는다.

그 집에 대해 다른 방식으로 말해볼 수도 있다. 철근콘크리트 블록조에 아스팔트로 방수 처리된 평지붕의 일본식 고택. 그 집을 일본식이라고 말할 수 있는 건 실제로 그 집이 해방 전에 지어지기도 했고, 다다미방이 있는 것이나 마루와 방들과 화장실이 경계 없이 이어져 있다는 점에서도 그랬다. 해방 전에 지어진 고택이 어떻게 징용공 출신의 아내에게 넘어왔는지 알 수 없었으나, 분명 그 집은 한때 일본인의 소유였을 터였다. 후암동 그 골목의 집들이 죄다 그런 구조로 이루어져 있다는 건 결혼을 준비할 때 알았다. 도대체 용산이 왜 이렇게 비싼지 알아보다가. 어릴 땐 그 이름을 알지 못했던 권연벌레가 나다니던 집. 마당이랍시고 송충이가 심심찮게 돌아다니던 집. 어느 날 수진이 제 발로 기어 나가려다가, 정말이지 '기어 나가려다가' 할머니에게 들켜 두들겨 맞았던 집.

그 일은 우리 가족이 그 좁은 집에 비집고 들어가 얹혀살 때 일어났다.

나는 밤마다 꼭 두 번은 깨어나 화장실에 가는 아이였는데, 그게 후암동 집에서 살 땐 보통 곤혹스러운 일이 아니었다. 나중에는 보다 못한 어머니가 내게 약을 먹이기까지 했지만 쉬이 고쳐지지 않았다. 문제는 부모님과 내가 머물던 방에서 화장실에 가려면 반드시 할머니의 방을 거쳐야만 하는 데 있었다. 처음에 할머니는 송충이처럼 오소소 걸어가는 나를 발견하곤 "아이고, 애, 걸거쳐라" 하고 말았는데, 날마다 반복되자 나를 앉혀놓고 따귀를 때렸다. 부모님이 달려와서 항의하는데도 애 버르장머리를 운운하며 고함을 지르자 어머니는 처음으로 할머니에게 소리를 지르며 반항을 했다. 그때 아버지에게 매달려 있던 내가, 어머니를 노려보며 쌍욕을 하던 할머니를 향해 이 집에 망령이 들었나, 중얼거렸다고 나중에 부모님이 말해주었다. 기가 센 할머니조차 깜짝 놀라 나를 뜯어봤다고 하는데, 내 기억엔 없지만 그게 사실이라면 내가 그 말을 할 수 있었던 건 할머니에게 배웠기 때문일 것이다. 할머니가 수진을 보며 그 말을 한 적이 있었다.

여름방학이었다. 수진은 하루 종일 공부만 했다. 학원이나 과외 수업을 받지 않아도 수진은 항상 공부를 잘했다. 놀러 나가지도 않고 텔레비전이나 만화책 따위를 보지도 않고 앉은뱅이책상에서 공부만 하는데도 할머니에게 칭찬을 받기는커녕 "애, 거시기야, 물 좀 떠 와라" 같은 말만 들었다. 항상 1층에서 부엌일을 하던 고모가 어쩐 일인지 집을 비우고 집 안에는 할머니와 수진과 나밖에 없던 여름의 한낮. 나는 선풍기 앞에 바짝 다가가 입을 벌린 채 바람을 쐬고 있었고 할머니는 성당에서 돌아온 참이었다. 할머니가 갑자기 "요년이 미쳤나?" 소리를 꽥 질렀다. 달려가보니 할머니는 수진의 허리를 붙들고 있었고, 수진은 그 덩치 큰 몸을 비틀며 할머니의 손아귀에서 빠져나가려 애쓰고 있었다. 수진은 자꾸만 창 쪽으로 기어올라 가려고 했는데, 나는 눈앞에 펼쳐진 광경에 놀라 어쩔 줄 모르고 발만 굴렀고, 할머니는 내게 가만히 서 있지 말고 얼른 와서 요년 좀 붙잡으라고 고함을 질렀다. 종종 수진을 따라 창밖을 바라보면 땅은 까마득히 멀어 보였다. 그렇게 수진을 놓쳐버리면 큰일이 난다는 것을 서슬 퍼런 할머니도, 나도 알고 있었기에 나는 사력을 다해 수진의 다리에 매달렸다. 그러다가 할머니는 급기야 울부짖듯 "아이고, 장희, 장선이가 어디서 뒤졌나 보다. 장희, 장선이 망령이 들었나 보다"라고 말했고, 그 순간 나는 그들이 누군지 단번에 깨달았다. 어머니가 가끔 아버지를 비웃듯 던지던 말이 있었다.

"딸들이라고 그렇게 버려놓고."

그때 말하는 딸이 고모인지 수진인지 헷갈렸지만 때로 아버지가 발끈하며 "그래서 우리 집이 근본 없는 집구석이라고 말하고 싶은 거야?" 할 때면, 거기엔 내가 모르는 이야기가 숨겨져 있겠거니 싶었다. 그 딸들이 바로 장희와 장선이었다.

나는 그날에 대해서 부모님께 이야기하지 않았다. 수진을 지켜줄 수 없어 안타까웠다는 것도. 그날이 후암동 집에서 가장 끔찍한 날이었다는 것도. 나는 수진의 다리에 하염없이 매달려 있었고, 힘에 부쳐 보이는데도 계속해서 수진을 때리던 할머니는 한참 후에야 맥 빠진 목소리로 "자빠진 강아지 앙알대듯 요년이"라고 말하며 매질을 거뒀다. 할머니의 마지막 말은 이랬다.

"그렇게 나가고 싶으면 네 에미랑 같이 처나가거라."

나는 아직도 그날 수진이 왜 창으로 기어올라 가려고 했는지 모른다. 스무 살까지 버티며 살았는데, 그땐 왜 도망가려고 했을까. 나이가 들며 수진과의 연락도 뜸해졌고 언제라고 수진과 속 깊은 이야기를 할 기회도 딱히 없긴 했지만, 그날에 대해 언급해서는 안 된다고 생각했다. 다만 끝내 나를 혼란스럽게 했던 건 그날 죽어라 수진을 붙들던 할머니의 모습이었다. 할머니는 왜 수진을 두고 장희와 장선을 떠올렸을까. 딸들의 불우함이 마치 내력인 양 할머니는 왜 그녀들을 동일시했을까.

성당 정도는 나가야 꿋발이 없어도 장례식이 붐빈다던 할머니의 말답게 장례식장은 할머니의 본당 교우들로 넘쳐났다. 빈소를 가득 메운 교우들의 연도(煉禱)가 이어질 때, 수진은 구석에 앉아 엉엉 울었다. 할머니가 천국에 갈 수 있을까? 나는 할머니의 영정 사진을 보면서 할머니가 어머니에게 쌍욕을 퍼붓던 순간을 떠올렸다. 울기는커녕 누가 쥐어박는대도 눈물이 날 것 같지 않았다. 예리가 나를 툭 치며 "언니는 울지도 않아?" 쏘아댔다. 그리고 수진 옆에 다가가 사이좋은 척을 하며 울기 시작했다. 그저 나는 그들을 멀리서 바라보며, 마치 고딕소설의 한 장면처럼 망령이 깃든 집에서 빠져나가려 애쓰던 수진과 그녀가 악령에 씌었다는 듯 그녀를 붙들던 할머니를 자꾸만 생각할 뿐이었다.

야엘을 만나고 온 후 나는 가장 궁금했던 걸 아버지에게 물어보았다. 할머니가 어떻게 그 집을 소유하게 되었는지. 아버지는 기억을 더듬으며 말했다.

"1970년대 후반이었나, 그 일대가 완전히 바뀌었던 때가."

큰아버지가 열 살 때부터 할머니와 함께 시장통에서 장사를 하며 악착같이 돈을 모았는데, 1970년대 후반에 강남과 동부이촌동 개발로 그 일대의 집값이 왕창 떨어졌을 때 할머니와 큰아버지가 평생 모아온 돈으로 마련한 집이라고 했다. 특히 일본 사람들이 살던 문화주택단지는 귀신이라도 들린 집인 양 다들 꺼렸다. 할머니는 그 집을 사면서 매우 만족했다고 했다. 이렇게 마당도 딸린 기와집이 똥값이라니 행운이라며 좋아했다고. "일본 사람들이 버리고 간 집이면 어떠냐? 일본 귀신이 들린 집도 아닌데"라며 할머니는 그 일대 주택을 기피하는 사람들을 비웃었다고 했다. 아버지의 그 말을 들으며 나는 '망령 든 집'이라고 소리치며 수진을 붙들던 할머니의 모습을 떠올렸지만 입을 다물었다. 아버지는 내가 그렇게 싫어하던 삼광초등학교도 오래전엔 일본 애들만 다니던 소학교였다고 했다.

"후암동도 부자 동네였을 때가 있었다. 그런데 지금은 누가 거기서 살려고 하냐? 용산이라고 다 같은 용산이 아니란다."

그건 그렇지, 나는 생각했다. 같은 강남이어도 청담동과 포이동이 다른 것처럼. 마찬가지로 어떤 사람은 반포동과 내곡동을 같은 서초구라고 생각하지 않는다. 이런 걸 아예 몰랐으면 좋았을 텐데, 서울에 오랫동안 살다 보면 알게 되는 쓸데없는 정보들이었다. 내가 잠실에 있는 고등학교에 다니던 시절에는 용산에서 전학 온 아이를 두고 '강북 애'라고 놀리던 아이들이 있었다. 안양 출신의 대학 동기가 "나는 서울 애들이 동작구를 강남으로 안 친다는 걸 대학 와서야 알았다"라고 했을 때 나는 이 일화를 들려주었다. 친구는 용산이 얼마나 비싼데, 하며 웃었다. 게다가 내 기억에 그 아이는 옥수동 아이였다고 하자 친구는 더 크게 웃었다. 옥수동 애를 두고 송파구와 강동구에 사는 애들이 강북 애라고 놀렸다니 코미디라며. 남편은 이런 이야기에 그다지 공감하지 못했고, 때로는 "역시 서울 토박이는 다르네"라고 말해서 내 신경을 거스르기만 했다. 몇 년 전 남편과 연애 중일 때 그의 고향에 간 적이 있었다. 그 동네의 이름이 입에 잘 붙질 않아 난처했다. "자기네 동네가 울진이었나?" 물으면 남편은 어이없어하며 "아니, 울진은 원자력발전소 있는 동네고 우리 동네는 죽변" 하고 대답했다. 죽변은 아주 작은 어촌이었다. 행정구역상으로는 '울진군 죽변면'인데 그는 꼭 울진과 죽변은 다른 동네라고 구분해서 말했다. 언젠가 그에게 '그게 바로 내가 고덕동과 둔촌동을 구분하는 이유다'라고 말하고 싶었지만 그만두었다. 결혼을 준비하는 혹독한 과정을 거치며 남편도 서울에 대해서 조금은 깨닫기 시작했다. 내게 깃든 후암동 집에 관한 기억이 어떤 것인지에 대해서도 아주 조금은.

야엘이 후암동 집에 가보고 싶다고 말했을 때, 나는 딱히 대답할 말을 찾지 못했다. 장훈의 메일 주소야 얼마든지 전해줄 수 있었지만, 지금 후암동 집은 친척들 중 누구의 소유도 아니었고, 장희와 장선의 망령이 들었다는 할머니의 말마

따나 모두에게 지긋지긋한 옛집일 뿐이었다. 그 집이 헐리지 않고 그대로 있으리란 보장도 없었다. 그리고 지금은 야엘이 된 강장희가 굳이 그 집에 가보고 싶은 까닭이 대체 뭐란 말인가. 뭐 좋은 기억이 있다고.

하지만 한편으론 이런 생각이 들기도 했다. 서울 사람들이 그토록 자주 이 구역에서 저 구역으로 이사 다닌다는 걸 프랑스 사람인 야엘은 모를 수도 있겠다고. 미술학원에 가는 줄 알고 나갔다가 다시는 돌아가지 못했던 어린 시절의 옛집에 가면, 미처 프랑스까지 챙겨가지 못했던 애착 인형이나 스케치북, 혹여 어렸을 적의 사진첩 따위가 남아 있으리라고 생각할지도 모른다고. 동생 장선과 장훈과 함께 지내던 시절의 한 자락이 거기 남아 있다고 여길지도.

그렇지만 내가 할 수 있는 건 여기까지라고 생각했다. 아버지는 말했었다.

"장희는 의사랑 결혼해서 잘산다니 다행이고 장선이도 어딘가에서 잘 살아 있겠지."

잘사는지 못사는지 모르면서 나까지 그런 무책임한 말을 늘어놓고 싶지는 않았다. 장훈에게도 따로 연락하거나 일이 어떻게 되어가고 있는지 묻지 않았다. 장훈이 친누나를 만나고 큰아버지가 곤란해한다는 그따위 구질구질한 이야기를 듣고 싶지 않았다. 물론 남편에게도 털어놓지 않았다. 그녀들이 불쌍하고 돌아가신 할머니가 지독히도 모질었다는 뻔한 이야기를 하고 싶지 않았다.

야엘에 대한 생각이 가끔 걷잡을 수 없이 커질 때면 나는 나도 모르게 구글 지도 앱을 켜 야엘이 사는 도시라는 스트라스부르를 검색했고, 맥없이 그 동네를 손가락으로 더듬어보았다. 어느 날엔 그러다 문득 '삼광초등학교'를 검색했는데, 내가 줄넘기와 크레파스를 사던 삼광문방구가 아직도 있다는 걸 알고 반가워하다 '일본인 문화주택단지'라는 이름을 발견하고 깜짝 놀랐다. 할머니의 소유였던 후암동 집을 비롯해 그 일대를 부르는 말이었다. 신세이다이, 미요시와, 쓰루가오카 가옥…… 낯선 외국어들이 '두텁바위길'이란 순한글과 함께 뒤섞여 있었다. 나는 능소화가 핀 그 집 담벼락을 올려다보며 집에 들어가기 싫어 발을 질질 끌었던 어린 시절을 떠올렸고, 쇠고기뭇국을 먹든 사골곰탕을 먹든 항상 비릿한 쇳내에 비위가 상했던 걸 생각했다. 수진은 전부 잊어버렸을까. 나는 후암동 집에 멋대로 신세이다이 가옥이라는 이름을 붙여보았다. 장희가 야엘이 되었듯. 사람들이 그런 집들을 적산가옥이라고도 부른다는 것은 꽤 나중에 알게 되었다.

숙모들

지난해 겨울, 연일 뉴스는 '대통령의 여자'라는 제하의 스캔들로 떠들썩했다. 평소 뉴스를 거들떠보지 않던 사람들도 알람을 맞춰두고 뉴스를 시청했다. 관련 특종을 내보낸 뉴스 프로그램은 여느 인기 드라마보다 높은 시청률을 기록했다고도 했다. 반년 가까이 뭇사람들의 이목을 잡아끈 사건들은 '대통령의 여자'로 수렴되었다. 청와대에 드나들며 주요 정책과 인사에 관여한 사람이었다. 그가 '비선실세'로서 얼마나 많은 월권을 행사했는지 날마다 보도되었고 그 내용은 언뜻 정리할 수도 없을 만큼 방대했다. 나는 사건 속에서 하나의 단어에 주목했다. 비선실세였던 여자가 청와대에 경호 팀을 붙여 데리고 들어갔다던 사람, '주사 아줌마'였다. 나는 비참함을 느꼈다. 그게 무슨 일을 하는 사람인지, 어떤 사람인지는 관심 없었다. 나는 그 단어를 듣고 고모를 생각했다.

방문판매를 하고, 영업을 하고, 보험을 팔고, 텔레마케팅을 하고, 기획부동산 매매를 하고, 그 비슷한 일을 돌고 돌다 이제는 베이비시터를 하는 고모.

고모는 이십대에 두 번 결혼했고 모두 실패했다. 그녀 인생이 실패했다는 게 아니라, 그저 결혼에 실패했다는 이야기다. 첫번째 결혼은 내가 태어나기 전에 했다. 그땐 결혼식을 올리지 않았다. 첫 남편의 얼굴은 사진으로도 구경할 수 없었다. 그와의 관계에서 아이가 생겼고 6개월 차에 자연유산을 했다. 그때 엄마가 고모를 돌봐주었다. 당시 남편은 집에 들어오지 않았다. 이런 이야기를 고모가 처음 내게 털어놓았을 때, 나는 진심으로 화가 나서 대꾸했다. 미친놈의 새끼네. 부인이 그 지경인데 집에도 안 들어와봐? 뭐 하는 새끼야?

뭐 하는 새끼였는지, 내게 알려주기 위해서 고모는 설명을 시작했다. 고모가 스물한 살이었던 1982년이었다. 당시 남편은 대학생이었다. 정확히는 복학생이었다. 고모는 그 남자와 만난 지 하루 만에 결혼을 약속했고 그때부터 같이 살았다. 그 이야기를 듣던 당시의 나는 서른 살이었는데 내 인생에는 그런 남자가 없었다. 그런 식으로 사랑에 빠져본 적도 없었기에 나는 아주 잠깐 고모가 부럽다고 생각했다. 곧 그 생각을 지워버렸지만. 남자는 유명한 사립대의 건축공학과 학생이었다고 했다. 군대에 다녀와서 돈을 버느라 복학을 못 하고 있었고, 졸업 학기만을 남겨둔 상태였다. 고모랑 살기 시작한 당시에는 새벽마다 인력시장에 나가 막노동 일을 구하고 일당을 벌었다. 밤이 되면 마주 앉아 그날 벌어 온 돈을 같이 세는 것도 하루 이틀이지, 언제까지 이렇게 살 건가, 싶었던 순간 남편이 털어놓았다고 했다. 사실은 학교에서 제적당했다고. 그때 고모는 어릴 적부터 자기 아버지가 무섭게 경고하던 빨갱이인가 싶어 덜컥 놀랐고, 대학생을 만나고 싶었던 자기 욕망에 배반당한 것이라고 생각했다. 학교에서 제적당했어, 학교가 싫어하는 일을 앞장서서 하다가…… 그때 고모는 그에게서 돌아앉으며, 뭘 했는지 더 이상 듣고 싶지 않아, 나도 대충 알고 있어, 대답했다. 그런데 그는 고모에게 자기 말을 들어봐야 한다고, 너는 모른다고 역설했고 고모는 기분 나빴다고 했다. 그런데 그 후 그가 털어놓은 이야기는 정말로 고모가 상상할 수조차 없었던 이야기였다.

그래서 네가 그 학교에 간다고 했을 때 사실 정말 놀랐다. 기절하는 줄 알았어.

고모의 첫 남자가 다닌 대학은 내가 졸업한 곳이었다. 나는 경기도에 있는 그 대학 지방 캠퍼스를 졸업했다. 교수들은 자신들이 학교를 다니던 시절에 서울 캠퍼스에 위치했던 학과가 어느 날 갑자기 처음 들어보는 지역의 허허벌판에 지은 가건물로 쫓겨났던 이야기를 자주 하곤 했다. 군대에 있어서 사정을 전혀 듣지 못했는데, 복학 신청을 하려고 학교에 찾아가보니 난생처음 듣는 동네를 일러주며 학과 사무실이 그리로 이전했으니 가보라고 했다. 행정실 조교가 보기에 딱했는지 약도를 하나 주더라…… 신입생일 적부터 자주 들었던 이야기였다. 당연히 학생들은 학과 이전 반대 투쟁을 했고, 폭력 시위를 한 학생들은 숱하게 제적당했다. 당시 지방으로 쫓겨났던 학과 중 하나가 건축공학과였던 것도 알고 있었다. 고모의 첫 남편도 학과 이전 반대 투쟁을 하다가 제적당한 것이었다. 고모는 자기가 임신한 후부터 남자가 더 열심히 일하기는커녕 날마다 술을 마시며 자기를 구박했다고 했다. 맨날 대통령 욕했지. 그 새끼가 전교생 단결을 막으려고 지방에 캠퍼스를 만들어서 학생들을 분산시킨 거라고. 그런 말 듣기도 싫었어. 나랑 무슨 상관이야. 듣는 나 역시 기가 찼다. 고모는 첫 임신 중에 그 꼴을 보며 견뎠던 것이다.

두번째 남편은 나도 본 적 있다. 고모부…… 다섯 살 때 즈음인가, 고모랑 고모부랑 함께 자연농원에 갔었다. 고모부라는 말이 좋은지 그는 내게 계속 고모부 해봐,라고 했다. 그 남자와는 결혼식을 올렸다. 할아버지가 돌아가신 후라 고모는 우리 아빠의 손을 잡고 입장했다. 아직 다이애나 왕세자

비의 웨딩 스타일이 유행하던 시절이라 꽃이 달린 커다란 웨딩 모자를 쓴 고모는 긴 머리를 풀어 어깨까지 내려뜨리고 있었다. 어린 나는 그게 올림머리보다 훨씬 예쁘다고 생각했는데, 나중에 듣기로는 사실상 재혼이었기 때문에 머리를 풀었다고 했다. 두번째 남편에게 고모는 자신이 결혼한 적 있었다는 사실을 끝까지 숨겼다. 그러면서도 결혼식 사진 속 고모는 누구도 추궁하지 않은 과거를 자백하듯 머리카락을 풀어 내려뜨렸다. 내가 잠시나마 고모부라고 불렀던 남자는 끝내 자기 아내의 과거를 눈치채지 못했지만, 그도 결국 금방 떠났다.

그 모든 일이 고작 한 사람의 이십대에 일어났다고 생각하면 아찔하다. 그 나이가 얼마나 미성숙한지 아는 지금으로서는.

고모는 두번째 남편과 헤어진 후 우리 집에서 살기 시작했다. 지금도 엄마가 떠올릴 때마다 괜히 팔았다고, 그대로 두었다면 그게 얼마나 불어났겠느냐고 원통해하는 영동주공아파트에 살던 시절이다. 14평짜리 아파트였다. 방 두 개에 비좁은 거실 겸 부엌이 있었다. 접이식 문으로 여닫던 아주 좁은 다용도실과 언제나 온 식구의 빨래가 널려 있던 베란다도. 부모는 그 집을 무척 지켜워했다. 하루라도 빨리 이사 가서 번듯한 공부방을 만들어주겠다고 엄마는 날마다 말했다.

작은방을 고모와 내가 함께 썼다. 고모는 내가 초등학교를 졸업할 무렵까지 독립하지 못했다. 내가 언제나 '내 방'이라고 불렀던 곳 한편에 고모의 공간이 작게 마련되어 있었다. 접었다 펼 수 있는 작은 경대와 한 단짜리 책장, 노란 양초와 성모상. 고모는 내가 잠든 척을 하면 양초에 불을 붙이고 숨 죽여 기도를 했다. 고모가 기도하는 동안 나는 자주 깨어 있었는데, 기도를 마친 고모가 숨을 불어 초를 끄면 생일 케이크 냄새가 난다고 생각했다.

그 이야기를 고모에게 한 적이 있었다.

고모는 우리 집에서 살던 초기에 아동 도서 출판사 영업사원으로 방문판매를 다녔는데, 때론 먼 지역까지 고속버스를 타고 출장을 가기도 했지만 일찍 집에 들어와 내게 식사를 차려주던 때가 더 많았다. 이때의 경험은 고모에게 여러모로 나쁜 영향만 끼쳤던 것 같다. 영업사원으로서도, 베이비시터로서도 고모에게는 유의미한 경험이 아니었다는 것을 지금 나는 알고 있다. 그때의 나에게 고모는 베이비시터와 같았다. 고모가 유치원에 데리러 왔던 것, 학습지를 밀리지 않고 풀었는지 매일 검사해주던 것을 선명하게 기억한다고 나는 말했다. 식탁에 앉아 산수 학습지를 풀 때 고모가 바투 앉아 나를 주시하던 기억이 또렷하다고.

나는 01과 10을 구분하는 것을 정말 어려워했었지. 9까지 적다가 10을 적을 차례가 되면 머릿속이 하얘져서 달력을 쳐다봤는데, 그때마다 고모가 내 뒤통수를 눌렀어. 달력보면 안 돼, 하고. 학교에 입학하고서는 같이 식탁 유리 밑에깔아둔 구구단 매트를 보며 구구단을 외웠고.

이런 추억을 이야기하는 것은 우리에게, 고모와 나에게 별달리 특별한 일은 아니었다. 우리는 남 욕을 하다가도 불현듯 옛날이야기를 하곤 했다. 고모는 밥을 먹다 말고, 내가 그때 너에게 모든 것을 주리라고 생각했어, 어쩌면 이 아이가나를 부양할 수도 있다, 아니면 말고…… 그런 생각을 처음했던 순간이 그때야,라고 뜬금없이 말하기도 했다.

내가 초등학교에 입학한 해였다. 날마다 교문 앞에서 작은상자에 병아리를 풀어두고 한 마리에 백 원씩 파는 병아리장수가 있었다. 친구들이 죄다 병아리를 한 마리씩 사서 검은 봉지에 담아 들고 가던 날 나도 얼떨결에 병아리를 샀다.참새도 무서워할 만큼 겁이 많았는데, 그땐 친구들에게 뒤처지기 싫었던 것 같다. 집이 가까워져오자 손에 받쳐 든 병아리가 갑자기 무서워지기도 했고, 대체 이걸 집에 데려가서뭘 어쩌자는 건가 싶기도 했다. 고모가 현관문을 열어주었다. 나는 순간 병아리를 등 뒤로 숨겼다.

고모는 그때 빨간 책가방을 멘 내가 움찔하며 눈치를 보는 모습, 뒤로 숨긴 병아리가 삐약, 하고 소리를 냈을 때 새빨갛게 달아오르던 얼굴을 보며 이 아이에게 모든 것을 주리라고 다짐했다고 했다. 그렇게 약해빠진 아이가 자신을 부양할 수도 있겠다는 생각을 어떻게 할 수 있었는지, 나는 그게 농담이라 해도 매번 이해가 잘 되지 않았다.

고모의 실적을 올려주려고 엄마가 일부러 구입했다고는 했지만, 그 덕에 어린 시절 내게는 좋은 책들이 많이 있었다. 그중 전집 몇 질은 지금도 보관하고 있다. 다른 전집들도 함부로 버린 적 없었다. 깨끗하게 읽고 전부 보육원에 기부했다. 고모가 커다란 합성피혁 가방을 메고 힘들게 팔러 다닌 책들이었다. 바다 생태계의 신비, 매미와 벼의 한살이, 누에와 누에고치와 식충식물의 비밀 따위를 그 책들에서 처음 배웠고, 다윈이나 간디, 마틴 루터 킹 같은 사람들도 알게 되었다. 번역된 그림 동화책을 날마다 읽고 또 읽었으며 수채화로 일러스트를 따라 그렸다. 고모는 모든 아이가 너처럼 책을 열심히 읽는다면 좋겠다며 뿌듯해했다. 하교 후에 날마다 식탁에 앉아 책을 읽는 나를 보며 고모는 이 일을 하기를 참 잘했다고 했다. 어느 날인가부터 고모는 틈틈이 내 옆에 앉아서 뭔가 열심히 공부하기 시작했다. 우리 가족은 고모가 뭘 공부하는지 알지 못했다. 위로 넘기는 4절지 문제집으로 반년간 공부하던 고모가 돌연 책이며 노트를 전부 쓰레기장에 버리고 온 날, 나는 새로운 단어를 배웠다. '초대졸'이라는 단어였다.

고모는 반년간 독서지도사 자격시험을 준비했던 것이었다. 출판사와 연계한 문화센터에서 독서지도사 양성 과정을 수강하며 공부하고 있었다. 영업을 다니면서 틈틈이 자격증 취득을 준비했는데, 시험을 이틀 앞두고 고모는 포기하고 말았다. 독서지도사의 기본 자격 요건이 '초대졸'이라는 것을 그제야 알았기 때문이다. 6개월 동안이나 문화센터에 비싼 수강료를 내며 수업을 들었는데 누구도 그런 건 알려주지 않았다. 나는 고모와 엄마가 안방에서 이야기 나누는 것을 엿들었다. 초대졸 이상이어야 자격증 취득이 가능하다는데 나는 몰랐어. 내가 들은 말은 울음 섞인 그 말 한마디뿐이었다. 나는 그게 무슨 뜻인지 엄마에게도, 고모에게도 결코 묻지 않았다. 그 말의 완전한 뜻도 고모가 울었던 까닭도 몇 년이 흐른 후에야 혼자 깨달았다. 그 일 이후로 고모가 뭔가 공부하는 모습을 본 적은 한 번도 없다. 1970년대에 지어진 복도식 아파트, 한 층에 열 가구가 빼곡하게 모여 있던 영동주공아파트를 떠올리면, 언제나 자동으로 좁디좁은 거실 겸 부엌의 4인용 식탁에 나란히 앉아 있는 고모와 내가 생각난다. 학습지를 검사해주던 고모보다 더욱 자주 떠오르는 건 연갈색 갱지로 된 4절지 문제집을 넘겨가며 공부하는 고모의 모습인데, 그런 말을 고모에게 한 적은 없다. 항상 2B연필 한 다스와 점보 지우개를 두고 허리를 꼿꼿하게 편 바른 자세로 공부하던 고모. 싱크대 앞 작은 창문을 넘어 들어오던 해 질 녘의 빛과 주황색으로 물들던 하얀 레이스 커튼이 내게는 그 시절을 온통 요약해주는 장면같이 느껴지고, 진지한 표정으로 공부하던 고모가 언제나 그 장면 안에 머물러 있다고 어떻게 이야기할 수 있을까. 이 순간이 영원했으면 좋겠다고 어린 내가 잠깐 생각했던 것도.

서울에 아직도 그런 복도식 아파트가 많이 남아 있다는 것을, 나는 지웅이네 집에 가보고서 알았다.

지웅이는 고모가 돌보는 15개월 남자아이였다. 당시 아이의 부모가 출근하는 주중에 고모는 새벽부터 늦은 밤까지 꼼짝없이 그 집에 머물렀다. 나는 주말 이틀을 쉴 틈 없이 일했기에 고모가 베이비시터 일을 시작한 후부터 좀처럼 서로 만날 짬이 나지 않았다. 하지만 고모가 부탁한 서류는 빨리 전해주어야 했다. 그 바쁜 와중에 마지막 재판을 남겨두고 있었다. 퇴직한 회사와의 싸움이 3년째 이어지는 중이었다. 그나마 고모가 가진 것 중 가장 내세울 만한 건 역시 성당 교우 인맥이었다. 오래된 교우 중 변호사가 있었고, 고모의 딱한 사정을 알게 된 그가 푼돈을 받고 사건을 맡아주고 있었다.

그가 개입하자 일이 전보다는 수월하게 흘러갔다. 고모는 오랫동안 변호사 없이 싸우느라 지쳐 있었다. 그러나 변호사가 나타나니 역시 달랐다. 그에 의하면, 재판에서 유리할 수도 있는 증거물을 뜻밖에도 내가 가지고 있었다. 나는 하루라도 빨리 그것을 전해주고 싶었다. 고모는 아이 부모에게 양해를 구하고, 나를 주중에 그 집에 부르기로 했다. 나로서는 생판 모르는 사람의 집에 방문한다는 것이 찜찜했지만 고모의 사정을 생각하면 어쩔 수 없었다.

엄마가 언제나 원통해하던 영동주공아파트는 이미 10년 전에 허물어져 초고층 주상복합아파트로 바뀌었다. 우리는 오래전에 아파트를 팔고 다른 동네에 이사했기에, 나는 그 동네에 다닥다닥 붙어 있던 복도식 아파트들이 전부 재건축되었으리라고 생각하고 있었다. 누구나 살고 싶어 하는 강남 한복판 노른자위 땅에 걸맞는 최신식 주거 시설로. 그러나 오랜만에 대치동에 갔을 때 아직도 내가 어릴 적 봤던 아파트들 대부분 그대로 남아 있는 걸 보고 깜짝 놀랐다. 베란다에 장독이 진열되어 있고, 더러 거실에 거대한 라디에이터가 있는 옛날식 아파트가 아직도 있을 줄은 생각하지 못했다. 가까이 다가서면 오금이 저렸던 턱없이 낮은 복도 난간과 군데군데 세워져 있는 자전거와 유모차 들. 매매가 10억 원을 우습게 호가하는 아파트는 내가 어렸던 1990년대의 모습 그대로였다.

벨을 누르자 고모가 지웅이를 안고 나왔다. 어랏! 택배 아저씨가 아니네? 누구세요? 지웅아, 누구세요, 해봐. 고모가 혀 짧은 소리를 내며 지웅이를 얼렀다. 그러고 보니 현관문 바깥에 "택배 기사님들께 부탁드립니다. 아이가 놀라니 초인종 대신 노크를 부탁드립니다"라는 메모가 적혀 있었다. 나는 지웅아 미안, 하며 집 안으로 들어섰다.

한 24평, 아님 28평? 내가 묻자 고모는 32평이야, 대답했다. 옛날식 아파트답게 방들은 작았고 거실이 넓었다. 영동주공아파트에 살던 시절, 우리 집에도 너른 거실이 있다면 얼마나 좋을까, 말했던 엄마가 기억났다. 그러면 친구들도 매일 데려올 수 있을 텐데. 그 말에 나는 대답했었다. 나는 친구 많지 않으니까 상관없어. 나는 좁은 거실 겸 부엌의 4인용 식탁이 정말로 좋았었다.

그런 생각을 하며 지웅이네 거실을 둘러보았다. 어린아이를 키우는 집답게 온 바닥에 매트가 깔려 있었고, 거실 구석에 어린이용 텐트와 작은 볼풀장이 있었다. 무지갯빛 작은 공들로 가득한 볼풀장을 잠시 넋 놓고 바라보는데 고모가 지웅이를 업으며 말했다. 아기 엄마가 복직할 때 텐트랑 볼풀장이랑 이것저것 사들였어, 애한테 미안하다고. 아기 아빠랑 울면서 밤새 공을 닦았대. 나는 고모를 돌아보며 물었다. 이

집은 산 거래? 아님 전세야? 결혼하자마자 강남 아파트라니 대단한데? 고모는 목소리를 낮추며 전세야, 말했다. 그러더니 입을 오므리며 저기 CCTV 있어, 하고 눈치를 줬다.

오늘 지웅이 병원 가야 하는데 같이 가자. 고모는 이유식을 만들며 말했다. 나는 식탁에 앉아 지웅이를 지켜보고 있었다. 지웅이는 순한 아이였다. 이유식 레시피 책을 작은 손으로 정신없이 떠들어 보는 게 꼭 책을 읽는 것 같아 신기했다. 고모는 부엌일하는 틈틈이 식탁에 와서 지웅이를 얼러주었다. 나는 아이를 구경하다가도 고모가 말한 CCTV 쪽을 자꾸 쳐다봤다.

내가 와 있어도 정말 상관없는 거지? 애 엄마한테 잘 이야기한 거지?

고모는 내게 커피를 건네주며 말했다.

그럼. 아기 엄마가 숙모님 사정 이해한다고, 조카분이랑 천천히 커피도 한잔하라고 했어.

숙모. 고모는 지웅이네 가족에게 숙모였다. 들을 때마다 적응되지 않았다. 이모님 같은 흔한 호칭을 쓰지 않고 왜 숙모라 하느냐 물었더니 고모는 그게 이 아파트 문화라는데 뭐, 하고 대답했다. 고모는 지웅이를 무릎에 앉혀놓고 이유식을 먹였다. 지웅이는 한 입 먹고 한 입 뱉는 식이라 턱받이는 금세 더러워졌다. 가만 보니 턱받이뿐만 아니라 비닐 가운도 입고 있었다. 고모는 이건 일회용이야, 아무리 저지레 해놔도 버리면 그만이지, 하고 웃었다.

많이 좋아졌다…… 나는 거실에서 본 볼풀장을 떠올리며 말했다. 그런 볼풀장이 집 안에 있다는 건 내가 어릴 적엔 상상도 못 해본 일이었다. 아홉 살 때 고모가 볼풀장에 데려가준 적 있었다. 구민회관에 새로 생긴 어린이 체육센터에 만들어진 커다란 볼풀장이었다. 나는 다른 애들처럼 신나게 돌아다니지 못하고 가만히 한자리에서 공만 만지작거렸다. 고모가 멀리서 손 흔들어주었다. 나는 고모에게 그걸 기억하느냐고 묻지 않았다.

나는 고모에게 서류를 건네주었고, 함께 외출 준비를 했다. 아기 엄마 요새 진짜 바쁘대. 거기가 우리나라에서 제일 큰 로펌이잖아. 나는 고개를 끄덕였다. 고모가 그 로펌에서 일하는 사람들의 아이를 돌보고 있다는 게 신기하게 느껴졌다. 고모는 지웅이네 집에 고용되었다는 것을 가슴 깊이 감사하게 여겼다. 경력도 없고 자식을 키워본 적도 없는데 베이비시터 교육을 1년 동안 받은 게 전부인 자신으로서는 과분한 일이라고 했다. 그들이 오랜 성당 교우의 사촌들이라는 것은 마치 채용에 전혀 영향을 미치지 않았다는 듯이.

지웅이 부모가 일하는 로펌은 국내 최고의 로펌이었다. 전화 상담료만 한 회 백만 원에 달한다는 곳이었다. 재벌 로펌이라 불리는 곳이었고 그곳을 소재로 영화와 드라마도 몇 편 만들어졌다. 지웅이의 부모는 그 로펌 사무실 직원들이었다. 지웅이 엄마의 육아휴직 만료를 몇 달 앞두고 고용된 고모는 얼마간 파트타임으로 일하다가 그녀가 복직한 후 풀타임으로 아이를 돌보고 있었다. 부부의 연봉은 일반 회사에 비하면 꽤 높은 편인 것 같았지만 고모가 받는 월급은 부부 중 한 사람 월급의 절반에 달했다. 그 이야기를 듣고 나는 조금도 놀라지 않았다. 물론 지웅이 부모의 부모들은 부자라고 할 만한 사람들이기는 했으나, 돈이 많은 사람들만 베이비시터를 고용하는 시절은 애초에 지나갔다. 주변 지인들도 하나둘씩 아이를 낳으면서 진지하게 베이비시터에 관한 문제를 상의하곤 했다. 가끔 아이를 키우는 지인들을 만날 때 그들의 입에서 베이비시터라거나 이모님이라는 단어가 나오면 나는 가슴이 뜨끔했다. 고모가 지웅이를 돌보는 일을 시작한 후부터였다. 조선족 베이비시터를 고용했다가 CCTV를 돌려 보고 해고했다는 사람이 있었다. 아이를 앉혀두고 손가락질을 하며 기를 죽이고 있었다고 했다. 내가 언제나 말했지? 조선족은 안 된다고. 그 말을 들은 후 나는 그 사람을 다시 볼 수 없었다.

낮이건 밤이건 공기가 매섭게 찼다. 고모는 지웅이에게 패딩을 입히고 모자를 씌운 뒤 목도리를 둘러줬다. 아기띠를

매는 고모를 도와주었다. 고모는 이제 많이 늙어 있었다. 오십대 초반까지만 해도 고모가 늙었다고 생각하지 않았는데, 이제는 꼼짝없이 늙은 장년 부인이었다. 머리카락이 희끗희끗했고 볼은 움푹 패어 있었다. 고모가 가장 많이 안아보고 돌봤던 아이는 나였다. 자식을 낳아본 적도 없고 조카라고는 오빠의 딸인 내가 유일했다. 지웅이만 할 때의 나를 안고 있는 고모 사진이 생각났다. 앞머리에 펑클펌을 하고 겨자색 원피스를 입고 진주 목걸이를 한, 비록 결혼하고 유산하고 이혼하는 산전수전을 겪은 후였지만 변함없이 젊고 예쁜 이십대 여자였다. 고모는 아기띠에 바람막이까지 두른 후 외출 준비를 마쳤다. 함께 복도를 걸어가다가 맞은편에서 오던 아주머니와 마주쳤다. 고모 또래로 보이는 장년 부인이었다. 두꺼운 잠바를 입고 아기띠를 하고 있었다. 그 품에 안긴 아이가 고개를 이리저리 돌렸다. 고모는 친근하게 말을 걸었다.

유진이는 어디 다녀와?

문득 언젠가부터, 아기를 안은 여자들이 전부 오십대 이상의 나이 든 여자들로 보인다는 사실을 깨달았다. 고모가 아기 보는 일을 한 후 유독 신경 쓰이게 된 건가 했는데, 아파트 주변에서는 확실히 그랬다. 고모는 그날 단지를 벗어날 때까지 세 명의 베이비시터와 인사를 나누었다. 바람막이를 덮은 유모차를 끌고 지나가는 여자에게 고모는 반말을 했다. 리안이 숙모, 애 숨 막히겠다. 마치 아파트 베이비시터의 노동조합이 존재하는 것 같아 보이는 풍경이기도 했다. 그날 이후 종종 나는 15층 복도 난간에서 그들의 모습을 부감하는 상상을 하곤 했다. 메리고라운드처럼 빙글빙글 단지를 돌며 서로에게 안부를 묻는 숙모들. 아기띠를 하고 유모차를 끌며, 자기 아이를 키울 때는 상상도 못 했던 육아 정보를 공유하는 그들이었다. 고모에게도 지웅이를 돌보게 된 후 새로운 정보가 많아졌다. 아이에게 어떤 동영상을 보여주면 좋은지 고모는 문자로 자주 이야기했다. 고모의 유튜브 구독 채널 목록에는 〈뽀로로〉나 〈또봇〉 시리즈 따위는 물론 어린이에게 좋은 판소리, 클래식, OST 등 다양한 음악과 영상이 가득했다. 이렇게나 볼거리가 많다니. 나는 일요일 아침에 하는 〈디즈니 만화동산〉만 봤는데. 고모는 박수 치며 웃었다. 그랬지, 네 아빠는 애가 텔레비전 보는 유일한 시간에 리모컨으로 채널을 돌려버리는 짓거리를 하고. 네가 〈다람쥐 구조대〉랑 〈빙글뱅글〉 보겠다고 꽥꽥 울던 거 생각난다. 고모는 아직도 나에 대해 기억하는 게 참 많았다. 아빠는 전부 잊어버렸을 것이었다.

  고모는 거의 이틀에 한 번씩 지웅이의 동영상을 보내왔

다. 요란한 전자음악을 배경으로 고개를 까딱거리며 춤을 추는 모습, 볼풀장에 앉아 공을 만지작거리는 모습(고모는 이 영상에 '이건 꼭 너 같다'라는 메시지를 붙였고 나는 조금 놀랐다), 블록을 쌓는 모습. 이렇게 어린아이가 블록을 하나하나 쌓아 올린다는 게 신기해서 나는 몇 번이나 영상을 돌려봤다. 어느새 나는 지웅이의 동영상을 기다리게 되었고, 뜸하다 싶으면 고모에게 재촉하기도 했다.

어느 날 고모는 뜬금없는 사진들을 보내왔다.

하나같이 내 취향은 아닌 핸드백, 구두, 머플러 따위였다. 고모는 전화를 걸어 마음에 드는 게 있느냐고 물었다. 나는 전혀, 하고 대답했다. 고모는 아쉬워하며 다시 잘 살펴보라고 했다. 어디서 났느냐고 물었더니 고모는 설명했다. 아기 엄마가 산 것들. 쇼핑몰에서 잘못 배달해줬나 봐. 교환이나 환불은 안 된대. 조카가 혹시 쓰려는지 물어봐달래서. 나는 중고 거래 사이트에서 팔면 되지 왜 모르는 사람에게 떠넘기느냐며 짜증을 냈다. 고모는 한숨 쉬며 말했다.

그러게. 한 백만 원어치 사기당해서 지금 아무것도 하고 싶지 않은가 봐. 사이트도 없애고 도망갔다는데 아기 엄마가 전화해서 따졌대. 너 내가 다니는 회사가 어딘 줄 알아, 라는 말이 목구멍까지 올라왔는데 삼켰다더라.

그 말을 들을 때 나는 잠시 숨을 멈췄다.

지웅이 엄마가 다니는 회사가 어디인지, 어떤 곳인지 나는 잘 알았고 항상 그 사실을 걱정하고 있었다. 고모는 눈치 없이 떠들어댔다. 아기 엄마가 풀 죽어서 지웅이랑 놀아주기도 싫다고 하고 무척 예민해져 있어. 돈을 떠나서 너무 기분이 나쁘다잖아. 직장맘이니까 낙이라고는 인터넷 쇼핑밖에 없었는데, 내가 보기에는 한 번도 안 쓸 물건을 너무 많이 사들이기는 했거든. 애가 초인종이 여러 번 울리면 스트레스받아서 울고 그러는데 말이야. 택배는 계속 오고. 어제는 울음을 한 시간이나 안 그쳐서 꿀밤 한 대 때려줬어, 어쩔 수 없이.

고모, 미쳤어?

나는 소리를 질렀다.

고모, 지웅이는 고모가 대충 해도 되는 조카가 아니잖아. 잘못하면 큰일 난다고. 게다가 그 애 부모 주변에는 율사들 천지야. 잘 알면서 왜 그래?

고모는 잠시 침묵하다 울먹였다.

애가 너무너무 말을 안 듣는데 그럼 어떡해? 딱 한 대도 못 때려?

나는 베이비시터 교육을 1년간 받는 동안 도대체 뭘 배웠냐고 말하고 싶은 걸 꾹 참고 어디서 그랬느냐고 물었다. 다용도실. 고모는 풀 죽은 목소리로 대답했다. 대답을 듣자마자 거기에까지 CCTV를 달아두지는 않았으리라는 생각이

들었다. 다행이라고 생각했다.

나도 속상했어. 지웅이가 너무 놀랐는지 딸꾹질을 하더라고. 안아주면서 아프냐고 물었더니 고개를 끄덕이더라. 그 말을 들으니 아파트에 찾아갔던 날, 병원에서 나와 택시를 잡으려는 내게 손을 흔들던 지웅이의 모습이 떠올랐다. 지웅이는 아기띠에 안긴 채로 조막만 한 손을 펼쳐 내게 흔들어 보였다. 그 모습은 한동안 잊히지 않았다. 모자에 눌려 축 처진 눈으로 나를 쳐다보며 인사하던 지웅이가 생각날 때마다 태어난 지 1년이 조금 넘은 아이가 대체 어떤 계기로 작별과 배웅을 배우게 된 것인지 골똘히 헤아려보게 되었다.

고모는 나와 다툰 날 이후로 지웅이 동영상을 보내지 않았다. 거의 날마다 지웅이가 뭘 하고 놀았는지 타전하던 고모는 얼마간 좀처럼 연락을 하지 않았다. 이러다 말겠지, 하며 나도 먼저 연락하지 않고 내버려두었다. 재판이 얼마 남지 않았다는 것을 깨닫기 전까지는. 중요한 일을 앞두고도 연락하지 않는 걸 보면 어지간히 마음이 상한 것 같았다. 고모가 상처받으면 쉬이 털어내지 못한다는 걸 사실 나는 누구보다 잘 알았다. 기획부동산 일로 중고등학교 동창부터 그간 거쳐 온 직장 동료들까지 전부 잃어버렸을 때 고모는 좀처럼 회복하지 못했다. 보험을 파는 일과는 다른 종류의 일이라는 걸, 그건 범죄에 가까운 일이라는 걸 고모는 몰랐다. 입사하자마자 받은 과장 명함을 대학생인 나에게 건네주며, 이제 돈을 좀 벌 수 있을 것 같다고 천진난만하게 말하던 고모였다. 쓰레기 같은 땅을 속여 파는 일이라는 걸 고모가 언제쯤 깨달았는지 나는 지금도 모른다. 전남편들과의 성생활에 대해서 이야기를 나누는 '같이 늙어가는' 처지가 되었지만 그 이야기를 고모와 나눌 수는 없으므로 기획부동산은 금기어였다. 그때와 경우는 다르지만 지웅이를 금기어로 만들고 싶지는 않았다. 나는 재판 준비를 잘 하고 있느냐며 문자를 보냈다. 고모는 짧게 응, 하고 답장을 보냈다.

그렇게 다시 몇 달을 연락하지 않았다.

고모를 안 보고 사는 날도 오게 될까. 사실 성인이 된 이후에는 그런 생각을 여러 번 했었다. 지금으로서는 상상도 할 수 없는 일이지만, 언젠가는 그렇게 될 수도 있지 않을까. 생각만으로도 아찔한 상실감이 등줄기를 훑고 지나가는 것 같았다. 부모와는 당분간 연락하지 않아도 불안하지 않았다. 그들은 나를 버릴 리가 없었다. 그러나 고모는, 살면서 잃어버린 다른 수많은 사람처럼 언젠가 말도 없이 떠나버릴 것 같았다. 내가 중학교에 입학하던 해, 고모가 영동주공아파트를 떠나던 그날부터 예감하던 것인지도 몰랐다. 한창 IMF 사태로 떠들썩하던 해였다. 초등학교 졸업식을 며칠 앞두고 나는 울음을 터뜨렸다. 좋아하는 연예인이 홍보하는 브랜드의 교복을 사달라고 1년 전부터 신신당부했는데, 지자체에서 그 지역 모든 공립학교에 신입생들은 새 교복을 구입할 수 없도록 하는 지침을 내렸다. 대신 나눔 행사를 열어 졸업생들의 헌 교복을 물려받도록 했다. 지금 생각하면 전시 행정이지만 한편으로는 1990년대 말에 뜬금없이 도래한 생시몽 공동체 같기도 한 얄궂은 일이었다. 중학교 반편성 배치고사를 본 날부터 학교 앞에서 받은 교복 브랜드 판촉물을 소중하게 모으던 나는 서럽게 울었다. 고모는 내 교복을 사 주려고 열심히 돈을 모아왔다면서 속상해했다. 대신 그 통장을 내게 주겠다고 했다. 꼭 필요한 데에만 써야 해. 고모는 울다 지친 나를 데리고 나가 우동을 사 주며 말했다. 나와 마주 앉아, 그릇께로 흘러내리는 머리카락을 계속 잡아주던 고모는 며칠 후 말도 없이 떠났다. 고모가 내 졸업식에 참석하지 않으리라고는 꿈에도 생각해본 적 없었다. 초등학교 졸업식 사진을 보면 나는 통통 부은 얼굴로 인상을 몹시 찌푸리고 있다. 졸업 기념 논술경시대회에서 1등을 했다는 이유로 조회대에 올라가 '미래인재어린이상'을 받게 되었는데, 전교생의 박수가 터져 나오던 순간 고모가 이 모습을 보지 못한다는 게 억울해서 눈물을 흘렸다.

고등학생이 되어 처음 핸드폰을 갖게 되었을 때 나는 고모에게 약속을 하라고 다그쳤다. 적어도 3일에 한 번, 꼭 안부 문자를 할 것. 고모는 그때까지 나에게 말도 없이 집을 나간 이유에 대해서 이야기해주지 않았다. 원망 섞인 말을 묵묵히 듣고 있을 뿐이었다. 그때 이후로 10년이 넘도록 우리는 3일을 넘기지 않고 문자를 주고받았다. 그 습관이 변호사가 말한 '뜻밖의 증거물'을 만들어준 것이었다. 고모는 5년 동안 일한 보험회사에서 퇴직금을 받지 못해 싸우는 중이었다. 회사 측에서는 모든 영업사원을 자영업자로 취급했으며 실적에 따른 수당을 지불할 뿐이었으니 퇴직금을 줄 이유가 없다고 주장했다. 고모는 비슷한 시기에 퇴사한 동료들과 모임을 꾸려 소송을 준비했다. 그러던 중 모임의 한 사람이 잠적했고, 사측에서 그를 회유하며 퇴직금에 달하는 돈을 건넸다는 것을 알게 된 고모는 깊은 상처를 받았다. 고모는 날마다 정해진 시각, 아침 8시 반까지 회사에 출근해야 했으며 점심시간 30분 외에는 절대 자리를 비우지도 못했고 번번이 지각비까지 냈는데 어떻게 자영업자겠느냐고 했다. 출퇴근카드를 찍는 회사도 아니었기에 노동자성을 증명받을 길이 보이지 않았다.

고모와 거의 매일 만나 이런저런 이야기를 나누던 변호사가 '조카분이랑 주고받은 문자'를 기적적으로 발견한 것이었다. 고모는 당시만 해도 3일에 한 번 문자를 하겠다는 약속을 지키기 위해 출근할 때마다 내게 문자를 보내왔다. 전부 아침 8시 반 이전에 보낸 문자들이었다. 고모 지금 출근하는 중, 오늘은 지각할 뻔, 지각비 낼 위기, 몇 년 동안 꾸준히 보낸 문자들이 고스란히 남아 있었다. 노동자성을 인정받을 수 있는 중요한 증거물이었다.

사실은 그때부터였는지도 몰랐다. 고모를 잃어버릴 수도 있지 않을까, 그런 예감이 현실적으로 육박하기 시작했던 것은. 어릴 때부터 사소한 일로 많이 다퉜지만 그렇게 심하게 다퉈본 적은 없었다. 고모와 내가 자영업자, 노동자성, 이런 단어를 주고받기 시작한 무렵부터. 고모는 이런 일이 생각보다 엄청 힘든 거였구나, 하루에도 몇 번씩 포기하고 싶다,라고 내게 털어놓았다. 살면서 억울했던 적 많았지. 전부 법으로 해결하려 들었으면 지금보다 더하면 더했지 덜한 일들이 아니었는데, 싸우려고 마음먹고 보니 그렇게 무서울 수가 없다고 말했다. 회사로부터 비밀리에 회유당한 동료의 이야기를 듣게 된 때였다. 고모는 못하는 술을 들이켜며 말했다. 한 인연이 떨어져 나갈 때마다 지난 모든 인연이 다시 한꺼번에 떨어져 나가는 것 같다…… 그래도 끝까지 해보려고 해, 이번에는 참고 넘어가지 않으려고 해. 나는 그런 고모가 대견했다. 그런데 왜 이야기가 그쪽으로 흘러갔을까.

너는 그래도 많이 배웠으니까, 대학원도 나왔으니까 네

앞가림 잘하니까 결혼 안 한대도 걱정 없어. 나는 발끈했다. 나야말로 고모랑 비교할 수도 없이 불안정해. 속 편한 소리 할 거야? 대학원을 졸업한 후로 주중에는 학원에서 파트타임으로 논술을 가르치고, 주말에는 여덟 가구를 돌며 풀타임으로 과외 수업을 하는 중이었다. 어지간한 학원에서는 마흔이 넘은 강사를 신규 채용하지 않았고, 과외 수업이야말로 연애처럼 언젠가 돌연 중단될 수 있는 일이었다. 그런데 고모랑 비교할 수도 없이,라는 말을 한 까닭은 돌이켜봐도 알 수 없다. 그런 말이 왜 나왔는지. 또한 왜 이런 식으로 말이 길어졌는지.

내가 뭘 가졌는데. 나는 뭐 자영업자야? 전세 보증금 없어서 공부방도 못 차리는데. 사업자 등록도 못 하고 간판도 못 달고 전봇대 광고 수준인데 내 앞날은 걱정 없다고? 고모는 늘 그랬지. 내가 고모를 부양할 수도 있겠다고. 나는 누구 부양 못 해. 나 하나 앞가림하기도 힘든데, 고모는 나한테 모든 걸 주겠다고 해놓고 언제 뭐라도 준 적 있어?

고모는 소주잔을 집어 던졌다.

나는 네 덕 보려고 한 적 한 번도 없어. 너는 너희 아빠랑 똑같아. 이제 그만 집에서 나가라고 하던 오빠 딸답다, 아주.

그날의 대화가 해결되지 않은 채, 우리는 다시 수다를 떨고 외식을 하러 다니고 재판을 준비하고 안부 문자를 주고받아왔던 거였다.

　고모는 생각보다 훨씬 이르게 다시 파트타임으로 전환되
었다. 지웅이가 어린이집에 다니게 되었다고 했다. 두 돌도
안 되었는데 벌써? 나는 깜짝 놀랐다. 고모는 단체복을 입은
지웅이 사진을 보내주었다. 무심코 사진을 확대해 보다가 아
이가 입은 옷에 박혀 있는 글자를 보고 다시 놀라고 말았다.
어린이집 이름은 아이 부모가 다니는 로펌의 이름과 같았다.
재벌 로펌, 기득권 율사의 대명사 같은 3음절의 단어. 앞니
두 개를 보이며 환하게 웃는 아이가 입은 옷에 찍혀 있는 걸
보자니 착잡했다. 고모는 로펌 빌딩에 있는 직원 어린이집이
라고 말해주었다. 나와 연락하지 않은 몇 달 새 고모의 근무
처가 바뀌어 있었다. 그새 번갯불에 콩 볶아 먹듯 지웅이네
는 종로에 있는 로펌 근처 아파트로 이사를 했다. 고모의 근
무는 오후에 어린이집에서 지웅이를 찾아와 부모가 퇴근할
때까지 돌봐주는 쪽으로 조정되었다. 당연히 월급은 줄어들
었고, 고모는 주말에만 베이비시터를 구하는 집을 알아봐야
겠다고 했다.

　주중에 학원, 주말에 과외도 아니고 주중과 주말에 각기
다른 아이를 돌본다는 게 나로서는 와닿지 않았지만 고모로
서는 그럴 수밖에 없을 터였다. 심란한 기분에 젖어 있다 문

득 생각이 나서 물었다. 그 엄마, 그때 말했던 인터넷 사기는 어떻게 한 대? 고모는 얼른 알아듣지 못하고 무슨 이야기냐고 반문하다 겨우 기억해내며 말했다. 그러고 말았지 뭐. 지웅이 엄마, 그런 로펌에 다닌다지만 자기한테 뭔 힘이 있냐고, 다 귀찮다며 물건만 어디 처박아두고 말았어. 그런 짐이 많으니까 이사할 때 힘들다는 소리나 하지.

고모와 나는 벤치에 앉아 샌드위치를 나눠 먹었다. 30분 후면 지웅이를 데리러 가야 했다. 문득 어떤 생각이 스쳤고, 나는 고모에게 물었다. 거기 로펌 어린이집이면 다양하게 섞여 있겠네. 사무장, 조사관, 변호사…… 고모는 마지막 한 조각을 입에 욱여넣으며 대답했다. 그 어린이집에 변호사 애들은 하나도 없대.

나는 로펌 빌딩까지 고모를 바래다주었다. 고모는 문 앞에서 나를 돌아보며 물었다. 오랜만에 지웅이 안 보고 갈래? 멈춰 선 고모 주변으로 장년 부인들이 바삐 모여들었다. 여기서는 그런 호칭으로 불리지 않겠지만, 몇 달 전 아파트 단지에서 본 그 숙모들이었다.

천사의 비밀

"어디서든 가만히 앉아 있다 보면 등줄기가 서늘해진다. 거대한 염소 머리가 나를 내려다보는 듯한 기분이 들기 때문이다."

숙희 학생이 남긴 마지막 기록이다. 정확히는 숙희 학생에 대한 고 선생의 마지막 기록.

고 선생은 언젠가 내게 물었다. 자네도 염소가 무서워? 난 평생 염소를 무섭다고 생각해본 적이 없네. 고 선생은 차트의 마지막 장에 '염소?'라고 짧게 부기했다. 숙희 학생은 아스모데우스의 형상을 상상했던 게 틀림없다. 염소는 매애 하고 우는 귀여운 동물 아닌가, 하고 말하는 고 선생 앞에서. 그러나 고 선생이 보여준 열 장의 카드 중에 무엇을 두고 그렇게 말했는지는 알 수 없다. 고작 크기와 모양이 조금씩 다른 잉크 얼룩들일 뿐이었고, 테스트 결과지까지 내가 들여다볼 수 있는 건 아니었으므로.

인터넷에 돌아다니는 몇 점의 로르샤흐 테스트지를 조카에게 보여주고 무엇으로 보이느냐고 물었다. 조카는 또박또박 말했다. 나노티라누스, 메갈로사우루스, 딜로포사우루스. 인터넷 창을 닫으려 하자 조카는 다급하게 잠깐! 외치며 덧붙였다. 꼬부기, 파이리, 모다피, 메타몽!

숙희 학생은 로르샤흐 테스트를 받은 날을 마지막으로 더이상 센터에 나오지 않았다. 15년 전 일이다. 거대한 염소 머리가 나를 내려다보는 듯한 기분이 들기 때문이다…… 지금도 숙희 학생을 생각하면, 교복을 입고 전철역 플랫폼 의자에 앉아 발을 구르며 쉴 새 없이 중얼거리던 모습이 떠오른다. 평소 조금 산만하기는 했지만 심각한 임상적 징후를 보이지는 않았다고, 언젠가 고 선생은 술회했다. 주지화 현상은 특징적이었으나 결코 아이 엄마가 걱정하는 것만큼 심각하지 않았다고도.

숙희 학생은 센터에 다니는 학생들 중 가장 나이가 많았다. 고 선생은 처음부터 난감해했다. 고등학교 2학년이라면이미 늦은 것이었다. 게다가 숙희 학생은 이름만 들으면 누구나 알 법한 외국어고 재학생이었다. 센터를 찾는 여느 학생들처럼 최하위권을 기록한 성적표를 들고 왔지만 경우가 달랐다. 입시 경쟁력으로 말할 것 같으면 숙희 학생은 전국 1, 2위를 다투는 학교의 재학생이었다. 고 선생은 한 번도 공부를 해본 적 없다거나, 책상에 앉은 지 10분만 지나면 좀이 쑤셔 일어나야 한다고 털어놓는 학생들을 보통 상대해왔었다.

숙희 학생은 두 번은 어머니와 함께, 이후 여섯 차례는 혼자 센터에 방문했다. 숙희 학생의 어머니는 12회분 상담료를 선결제했다. 8회 차 상담을 끝으로 숙희 학생도 그녀의 어머니도 연락이 되지 않았다. 고 선생은 가끔 되뇌었다. 내가 뭘 잘못했던가. 내가 아이에게 무슨 말을 잘못했던가?

수차례 전화를 걸어본 사람이 바로 나였다. 숙희 학생을 걱정하는 고 선생의 말을 들을 때마다 나는 생각했다. 내가 잘못했던 거였나…… 숙희 학생이 처음으로 혼자 센터에 방문했던 날, 대기실 소파에 앉아 있던 그녀에게 음료를 가져다주었을 때, 자주색 체크무늬 교복 재킷에 달린 노란색 명찰을 나도 모르게 물끄러미 봤고 숙희 학생은 빙긋 웃으며 묻지도 않은 말을 했었다.

"스페인어과요, 멍청이들 집합소예요."

이제 나는 그 말이 무슨 뜻인지 정확히 알고 있다.

조카는 제 엄마가 씩씩대는 걸 보기 두려워 이불을 덮어쓰고 웅크리고 있다. 눈을 굴리며 제 엄마와 내 눈치를 번갈아 살피는 게 짠해 안아주었다. 조카는 내 품에 파고들며 어리광을 부렸다. 분노한 언니의 등짝이 들썩거리는 걸 보며 나도 아무 말 하지 못했다. 언니는 모니터 앞에 붙어 앉아 열중하면서도 수시로 다른 학부모들과 통화했다. 목소리는 다급했다. 언니는 전화를 끊으며 볼펜 촉을 우악스럽게 손바닥에 그어대다 집어 던졌다. 성난 언니가 아이 앞에서 욕이라도 할까 봐 걱정됐다.

"말이 되냐, 이게?"

언니는 블로그에 올린 천 개가 넘는 게시물을 일일이 지우는 중이었다. 조카가 태어나자마자 개설한 블로그였다. "지후가 내게로 와 내가 지후맘이 된 날……" 5년 동안 언니는 성실하게 블로그를 운영했다. 인기 블로그는 아니었지만 언니에게는 소중한 공간이었다. 아들의 귀여운 모습을 담은 사진과 동영상, 정성껏 요리해서 공들여 차려놓은 식탁, 육아와 살림, 때로는 가족 관계 고민까지 진솔하게 털어놓던 곳이었다. 언니가 식탁보와 매트, 커틀러리의 위치를 이리저리 바꾸어보며 신중하게 사진을 찍던 장면을 기억했다. 나는 언니에게 물었다.

"사진들 다 백업해둔 거지?"

언니는 나를 노려봤다.

"얘가 정신이 있어, 지금? 백업이 뭐가 중요해? 이 마당에."

조카는 겁에 질려 내 등에 얼굴을 비벼댔다. 이모…… 조카의 맥없는 목소리에 한숨이 났다. 언니는 어제부터 조카를 등원시키지 않았다. 눈치 빠른 조카는 친구들이 보고 싶다거나 시소 타러 가고 싶다는 등의 투정을 부리지 않고 내복 바람으로 잠자코 텔레비전만 봤다. 애착 물건인 요포대기를 끌어안고. 갑작스러운 일상의 변화와 엄마의 이상행동에 상처를 받을까 봐 걱정되었다. 고 선생이었다면 분명 언니에게 한마디 했을 것이다. 어떤 일이 있어도 아이가 보는 앞에서는 조심해야 한다고. 어린이집 원장이 학부모들의 SNS와 웹 활동 기록을 전부 추적해서 상담에 참고했다는 사실이 드러났다. 언니와 학부모들은 심한 모욕감을 느꼈다고 했다.

"난 평생 그런 말을 들어본 적도 없다. 구글링이라는 게 뭐냐, 대체. 흥신소도 아니고."

언니는 소리 죽여 울기도 했다.

"원장이 자기 블로그에다가 그런 말도 적어놨대. 엄마들이 맘 카페, 육아 블로그에 글 올리는 건 전부 자기를 전시하는 행위 예술이라고. 행위 예술이란 게 뭐야, 미친년들이나 하는 거지. 우리가 미친년이라는 거 아니야."

언니, 그건 조금 예민한 반응인 것 같아……라는 말을 나는 결코 꺼낼 수 없었다. 언니가 느끼는 모욕감은 온당해 보였다. 특히 원장이 적어놓았다는 내용은 오해받기 충분한 것이었다. 언니뿐만 아니라 SNS를 운영하던 모든 학부모가 일제히 분노했고 그들은 민사소송을 준비하고 있었다. 그러나 무엇을 근거로? 어떤 죄목을 들어 어린이집을 고소할 수 있나. 그런 의문을 가졌지만 나는 입 밖에 꺼내지 않았다. 눈치 보는 조카를 잘 돌봐주고 언니 말에 귀 기울이는 것이 내가 할 일이었다. 언니가 다른 엄마들을 만나고 오겠다며 나갔을 때, 소파에 엎드려 잠이 든 조카를 침대로 옮기다 문득 숙희 학생 생각을 했다.

당혹스러웠다.

숙희 학생 생각이 났다.

눈을 찌를 듯 길게 내려온 갈색 앞머리. 햇빛 아래서는 노란색으로 보일 만큼 밝은 갈색 머리였다. 앞머리가 눈 찌르겠다,라는 말이 몇 번이나 목 끝까지 밀려왔지만 꾹 참았다. 그런 말을 하면 숙희 학생은 내게 실망할 것이었다. 그저 그런 어른으로 보이겠지,라고 생각했던 나는 당시 고작 스물세 살의 아르바이트생이었다. 숙희 학생과 몇 살 차이 나지도 않았다.

"염색한 게 아니라 원래 이런 머리 색인데, 선생님들이 볼 때마다 혀를 차며 지나가고. 외국물 먹은 애라서 그렇다고 뒤에서 속닥거리고. 진짜로 혼혈 아니냐고 애들이 물을 때마다 내 머리 색을 꼭 입에 올렸어요. 중학교 때 한번은 양호 선생님이 정말 염색약을 들고 쳐들어왔다니까요. 검은 머리로 바꿔주겠다고. 진짜 무식하죠? 하긴 우리 학교에 알비노를 앓는 애가 있었는데 그 애도 잡은 적이 있다니까요, 머리 노랗다고. 그래서 무식하면 죽어야 돼요."

그런 말을 들은 적도 있었다.

고 선생은 숙희 학생을 두 차례 상담한 뒤 아무래도 프로그램을 변경해야 할 것 같다고 했다. 숙희 학생의 어머니는 학습부진 클리닉에 등록했다. 고수정 심리학습상담센터의 프로그램 F였다. 등록하는 아이들은 대체로 '당연히' 성적이 나빴다. 숙희 학생도 그랬다. 숙희 학생의 어머니도 다른 부모들이 그렇듯 아이가 성적이 나쁜 원인을 '집중력 부족' 때문이라 여기고 센터를 찾아왔다. 대기실 소파에 앉아 있던 모녀의 모습을 나는 오랫동안 기억했다. 숙희 학생은 다리를 길게 뻗고 앉아 자전거를 타듯 발을 굴렀다. 무언가 셈하듯 손가락을 접으며 입으로는 끊임없이 중얼거렸다. 그런 아이의 모습이야 낯선 게 아니었는데, 숙희 학생의 어머니가 인상적이었다. 그녀는 산 같은 분노를 조용히 잠재우듯 단호한 표정으로 그런 딸을 지켜보고 있었다.

학습부진 클리닉에서 심리상담 프로그램으로 변경하기로
한 후 숙희 학생은 어머니와 동행하지 않고 혼자 센터에 방
문했다. 숙희 학생은 늘 30분쯤 일찍 와서 대기실에 앉아 있
곤 했는데, 그런 까닭에 그녀와 종종 대화를 나누게 되었다.
언제나 숙희 학생이 먼저 말을 걸어왔다. 데스크에서 서류
작업을 하다 시선이 느껴진다 싶어 고개를 들면 숙희 학생이
건수를 잡으려는 듯 나를 살피고 있었다. 그러다 불쑥 말을
걸었다. 이런 식으로.

"고수정 선생님은 저를 이해해주시는 것 같아요."

언제나 숙희 학생은 묻지 않은 것에 대한 말을 뜬금없이
꺼냈다. 고 선생에게 신뢰를 갖는다는 것은 다행스러운 일이
기는 했다. 그래서 나는 다행이네요, 하고 대답했다.

"엄마에게 말하지 않고 심리상담 프로그램으로 변경해주
신댔어요."

고 선생이 정말 그런 말을 했을까. 그건 불가능한 일이었
다. 학습부진 클리닉보다 심리상담 프로그램이 훨씬 더 비쌌
기 때문이다. 숙희 학생의 어머니는 상담료를 결제한 뒤 더
불어 추가 금액을 지불하고 몇 차례의 심리 검사를 요구하
기까지 했다. 숙희 학생은 고 선생의 말을 믿는 것 같았고 그
말을 신뢰의 근거로 삼는 것 같았다.

그때 나는 숙희 학생을 조금 멍청하다고 생각했는데, 얼마

후 그 생각이 바뀌었다. 바뀐 계기란 것도 지금 생각하면 우스운 것이었다. 그땐 나도 어렸으니까. 숙희 학생이 3개 국어를 모국어에 버금갈 만큼 유창하게 구사한다는 것을 알았기 때문이었다. 스페인어, 영어, 프랑스어. 숙희 학생은 일곱 살 때부터 중학생 때까지 아르헨티나에 살았다. 아르헨티나의 공용어는 스페인어였다. 영어와 프랑스어는 따로 공부해서 그만큼 할 줄 아는 것이라는 말에 입이 떡 벌어졌다. 모두 숙희 학생이 직접 해준 이야기였다.

"제가 외고 다니는 거 별거 아니에요. 전 스페인어 특기자예요. 다섯 명 뽑는데 두 명 지원했어요. 불합격하면 나가 죽어야죠."

당시 숙희 학생은 한국에 온 지 2년이 채 되지 않은 상태였다.

나가 죽어야죠…… 그런 말은 누구에게 배웠을까, 생각했다.

"다들 궁금해하던데요. 알젠틴이 재미있었냐고요. 글쎄, 유고슬라비아의 역사를 스페인어로 배울 때 말고는 그럭저럭요."

그 말을 들을 때 나는 숙희 학생의 한국어 실력이 가장 놀랍다고 생각했다.

고수정 심리학습상담센터는 입시 학원이 밀집한 강남 한 복판 아파트촌 상가에 있었다. 센터의 프로그램들 중 학습부 진 프로그램이 가장 잘 팔렸다. 고 선생은 그 사실을 마뜩잖 아했지만. 나는 데스크에서 간단한 문서 작업과 전화 업무를 담당했다. 고 선생의 사촌인 실장은 자리를 비울 때가 많아 주로 나 혼자 데스크를 봤다. 아이들은 데스크와 마주 보는 긴 소파에 앉아 대기하면서 나를 관찰하곤 했다. 그러나 숙 희 학생처럼 내게 말을 걸어온 아이는 그녀 외에 한 명도 없 었다. 그곳에서 아르바이트를 하는 1년 동안.

심리상담사는 원장인 고 선생 말고도 두 명 더 있었다. 고 선생의 피고용인인 그들은 내게 개인적인 업무를 시키지 않 았다. 그러나 고 선생은 달랐다. 내가 데스크 업무에 익숙해 지자 내담자의 상담 기록을 정리할 것을 지시했다. 나는 고 선생이 상담을 마치면 그날의 차트를 철하고 분류하는 작업 을 했다. 고 선생은 내게 차트를 따로 한 부씩 복사해둘 것을 요구하기까지 했는데 무슨 용도로 쓰려고 그랬는지는 알 수 없었다. 다만 그러는 바람에 그날 나도 은밀하게 숙희 학생 의 차트를 복사할 수 있었다.

그 일은, 그땐 나도 어렸으니까, 따위의 생각으로 합리화 할 수 없다는 걸 알고 있다. 그때도, 지금도. 나는 심리학 전 공생이 아니었고, 상담사가 지켜야 할 윤리 강령 중 내담자의 사생활을 보호하는 게 얼마나 절대적인 것인지 몰랐다. 그러나 나는 상담 선생이 아니었고 교육받은 사람도 아니었다고 변명하기엔 그 일은 너무 큰 잘못이었다. 살아가는 내내 그 일은 떠오를 때마다 나를 괴롭게 했다, 지금도.

어린이집 학부모들의 인터넷 활동 기록은 적어도 전부 공개된 것이었다. 어린이집 원장이 학부모들의 인터넷 아이디를 해킹한 것이 아니었다. 나는 이런 말을 언니 앞에서 꺼내보지도 못했다. 언니는 조카가 모유를 끊을 때부터 들르기 시작한 맘 카페에 남긴 글도 일일이 지웠다. 아이가 걸음이 늦는 것 같다, 한 발 떼기 시작했는데 곧바로 주저앉더니 다시는 걸으려 하지 않는다, 말도 늦는 것 같다, 치료를 받아야 하나 생각 중이다…… 언니는 누군가를 남몰래 흠모하고 있노라고 은밀하게 적어둔 글을 들키기라도 한 것처럼 수치스러워했다. 아이가 걸음도 말도 느려 언니가 한걱정하는 것을 나도 지켜봐왔고 함께 마음을 졸인 적도 있었다. 그러나 이제 여섯 살인 조카는 다른 아이들에 비해 조금도 부족하지 않았다. 남부럽지 않게 어느 날 걸었고 어느 날 말했다. 언니는 아이가 뒤처질까 봐 걱정했던 나날들을 종종 까맣게 잊고 이렇게 이야기하기도 했다. 조그만 게 벌써 말대답, 벌써 자기 논리로 따박따박, 말 못할 때가 귀여웠다고. 언니는 우리 지후가 또래보다 못하다는 걸 원장이 이미 파악하고 그런 프

천사의 비밀 185

레임으로 아이와 자신을 대했으리라고, 단정 지으며 말했다. 그게 다 자기가 인터넷에 주접떤 거 때문이라고. 언니는 서러운 마음을 쉬이 달래지 못했다.

"너도 다 봐서 알겠지만, 애 보는 동안 다른 건 아무것도 할 수 없어서 그나마 인터넷 붙들고 있었던 건데. 그게 이렇게 날 엿 먹일지 내가 알았겠느냐고."

조카는 또래 남자아이들에 비해서 무척 온순할 뿐이었다. 소리 지르거나 물건을 집어 던지거나 하는 일은 결코 없었고 사소한 일에도 금방 겁을 집어먹기 일쑤였고 친구들에게 양보도 잘했다. 원장도 그 정도로 이야기했던 것 아닐까. 지후는 착하고, 조금 소심하다고. 내밀한 기록을 털렸다고 생각하는 언니에게는 그런 말들이 아이가 늦되어 보인다는 뜻으로 들렸을 수도 있었다. 그러나 나는 언니와 원장의 상담이 정확히 어떤 내용으로 이루어졌는지 알지 못한다. 어떤 말들을 어떤 표정과 눈빛으로 주고받았는지 나는 알지 못한다. 혹여 원장이 학부모들을 조금이라도 더 잘 이해해보기 위해 그랬던 거 아닐까, 나도 모르게 그런 말을 언니에게 할 뻔했다. 그런 말은 해서는 안 되는 말이었다.

숙희 학생을 두고도 그렇게 생각했었다. 너의 기록 덕분에 내가 너를 더 잘 이해하게 되었다고.

"피아졸라네요."

숙희 학생은 여느 때와 다름없이 불쑥 말했다. 그날은 상담센터의 웹 페이지를 개설하던 날이었다. 고 선생이 소개해준 웹디자이너와 연락을 주고받으며 컨펌받을 내용을 정리하고 있었다. 대기실에는 언제나 낮은 볼륨으로 음악을 틀어두곤 했는데 무슨 음악이 나오고 있는지 신경 쓸 겨를이 없었다. 숙희 학생의 말을 듣고 보니 한창 「리베르탱고」가 흘러나오는 중이었다.

"성당에서도 피아졸라를 틀어줬다면 조금 괜찮았을 텐데."

이게 무슨 뜬구름 잡는 소린가, 생각하며 나는 대꾸하지 않았다. 숙희 학생은 언제나 그랬듯 상담 시각보다 먼저 도착해 대기실에 앉아 있었다. 숙희 학생은 눈을 지그시 감고 음악을 듣는 자세를 취했다. 웹디자이너가 일을 잘못했는데 고 선생은 나를 꾸짖었다. 기분이 나빴다. 웹디자이너는 말귀를 못 알아듣는 사람이었다. 정작 꾸지람을 들은 사람은 나인데 웹디자이너는 억울하다는 듯 계속 변명하고 있었다. 잔뜩 신경이 곤두선 나는 숙희 학생이 더는 쓸데없는 걸로 말 걸지 않기를 바랐다. 몇 마디를 무시하고 넘어갔는데 그녀는 아랑곳하지 않았다.

"선생님, 아시죠? 알젠틴이 탱고의 고향이잖아요."

그게 나랑 무슨 상관인데? 그런 이야기는 상담 시작되면 해. 너한테 돈 받는 고 선생한테. 나는 하마터면 소리 지를 뻔했다. 숙희 학생에게 화를 내고 싶다는 충동이 온몸에 번졌다. 숙희 학생이 상담을 마치고 돌아간 후 늦은 저녁까지 그 충동은 잦아들지 않았다.

　마치 그런 내 마음을 알기라도 하는 양 그날 퇴근하려는 내게 고 선생이 말했다.

　"애가 불쌍하더라고."

　고 선생은 그런 애는 처음 만나봤다며 한숨을 쉬었다.

　"프로필만큼이나 상황이 아주 안 좋아."

　그 말을 남기고 고 선생은 나보다 먼저 퇴근했다. 언제나 마지막에 센터를 정리하고 문을 닫는 것은 내 몫이었다. 그래서였다고 나는 오랫동안 생각했다. 고 선생의 내담자였던 숙희 학생의 기록 중 일부를, 아니 기록 중 '상당한 분량'을 내가 가지고 나올 수 있었던 것은 그 때문이었다고. 늙고 부주의한 고 선생이 일을 그따위로 했기 때문이라고. 책임자였던 그가 기록 유출을 방기했기 때문이라고. 나는 숙희 학생의 상담 내역이 궁금했다. 맹세코 내 호기심을 충족하기 위해서였을 뿐, 다른 욕심이 있었던 건 아니었다.

　그날 센터 인근 플랫폼에서 숙희 학생을 봤다. 숙희 학생은 이어폰을 끼고 나무 벤치에 앉아 있었다. 센터를 나선 지

다섯 시간이 지난 후였다. 하얀색 루스 삭스에 갈색 마틴 단화를 신고 빨간 배낭을 멘 그녀는 입을 놀리고 있었다. 가까이 다가서서 보기 전까지는 노래를 따라 부르고 있다고 생각했다. 그러나 곧 음악을 듣기 위해 이어폰을 낀 게 아니었다는 것을 알게 되었다. 숙희 학생은 나를 발견하자마자 이어폰을 빼고 일어서며 꾸벅 인사를 했다. 열차 소리가 너무 시끄러워서요. 숙희 학생은 들고 있던 이어폰을 가리키며 말했다. 이 장면 직전, 나를 발견하기 전 숙희 학생이 중얼거리던 말이 '쿠오 바디스 도미네'라고 나는 기억하는데, 이 부분에 대해서는 확신이 없다. 숙희 학생의 차트 기록과 더불어 왜곡되었으리라고 의심되는 부분이기 때문이다.

그로부터 5년이 지난 후, 차트에 적혀 있던 고 선생의 기록을 통해 그날 상담 시간에 숙희 학생과 고 선생이 나눴을 대화를 재구성해보았다. 이 역시 시간이 흐르면서 어떤 부분들은 윤색 혹은 각색되었으리라고 생각한다.

숙희 학생   나는 한국 학교에 다녀본 적이 없잖아요. 이렇게 말도 안 되는 사육 농장일 줄은 몰랐어요. 마치 부에노스아이레스의 한인 성당만큼이나요.

고 선생   성당은 언제부터 다녔니?

숙희 학생   기억도 안 나요. 정신을 차리고 보니 성당에 다니고 있었어요.

고 선생 부모님과 함께?

숙희 학생 당연하죠. 부모님은 성당 없이는 못 살아요. 엄마는
출근하다시피 일주일에 5일 이상 성당에 갔어요.

고 선생 숙희는 성당이 좋았어?

숙희 학생 놀이방에서 친구랑 놀 때 재미있었고…… 코이노니
아 캠프 때 1등을 해서 좋았고…… 미사는 지루한
걸 조금만 참으면 맛있는 걸 먹어서 좋았고……

고 선생 그럼 전반적으로 좋았다고 볼 수 있을까?

숙희 학생 그렇다고 말할 수는 없을 것 같아요.

고 선생 왜 한국 학교가 성당 같아?

숙희 학생 소문내고 수군거리니까요. 나만 보면 저리 피하니
까요.

고 선생 성당에서 무슨 일이 있었니?

숙희 학생 학교랑 비슷했던 것 같아요. 스페인어과는 30명이
에요. 영어과, 독어과, 불어과보다 못한 과예요. 전
교생이 그걸 알죠. 체육대회 때 보시면 놀랄걸요. 늘
구석에 있는 스탠드에 배정받아요. 과 대항 경기를
할 때 큰 소리로 응원하지도 않아요. 자부심 같은
건 없으니까. 꼭 이 학교에 입학하고 싶은데 막차라
도 타야겠다 싶은 아이들이 스페인어과에 지원해

요. 다들 문 닫고 들어온 주제에 특기자를 무시하죠. 우리 모두 3년 동안 한 반이에요. 아시겠어요? 피할 길이 없어요. 특기자는 두 명뿐이고 우리가 서로에게 의지하는 건 너무 당연한 일이었어요. 석준이. 이제 석준이는 전학 간대요. 일반고로. 같이 당했는데, 아니 정작 당한 건 난데, 혼자 도망가버리겠다는 거죠, 비겁하게. 1학년 체육대회 때 우린 운동장에 나가지 않고 교실에서 부루마불을 하고 놀았어요. 한참 게임에 빠져 있는데 지나가던 선생님이 당장 운동장에 나가라고 소리 지르는 거예요. 그래서 우리는 부루마불 판을 들고 시청각실에 갔어요. 그런데 애들이 우리가 시청각실에서 했다고, 석준이랑 내가 끝까지 갔다고…… 대모님이 나를 보던 눈빛이 수십 개로 불어나 있었어요. 뭔지 아세요?

고 선생 왜 석준이랑 같이 당한 게 아니라 혼자 당했다고 생각하니?

숙희 학생 그렇게 쑥덕대면서 늘 내 이름만 말하니까요. 인터넷이라는 게 왜 생겼는지 모르겠어요. 거기 스페인어과 게시판도 만들어졌는데, 하루에 한 번씩 그런 게시물이 올라와요. 나도 김숙희랑 하고 싶다, 김숙희 나만 못 먹은 거냐? 끔찍해요.

고 선생　　대모님도 한국에 왔니?

숙희 학생　　아뇨…… 그년은 알젠틴에 있어요. 자기 남편 혼자
　　　　　　　두고 들어올 년이 아니에요. 그렇게 의심이 많은데!
　　　　　　　중학생이었던 내가 자기 남편이랑 붙어먹었다고 의
　　　　　　　심하는 년. 지금도 날마다 그년을 죽이러 가는 꿈을
　　　　　　　꿔요.

　그날 플랫폼에서도 숙희 학생은 묻지 않은 말을 했었다.

　"선생님, 좀비 영화 보셨어요? 전 요즘 좀비 영화에 빠져
있어요. 좀비가 이렇게 움직일 때 제일 좋아요."

　그러면서 숙희 학생은 앞으로 목을 꺾고 양팔을 허우적
댔다. 지나는 사람이 많지 않았지만 창피했다. 나는 얼른 숙
희 학생의 팔을 잡으며 행동을 저지했다. 그러면서 생각했
다. 상담을 마친 지 몇 시간이나 지났는데, 집에 돌아가지 않
고 뭘 했던 걸까. 다른 아이였다면 근처에 있는 다른 학원에
서 수업을 들었으리라고 생각했겠지만, 숙희 학생은 뭔가 남
다른 행동을 하며 시간을 때웠을 것 같았다. 괜히 한강에 가
서 하염없이 앉아 있었다거나, 정처 없이 길바닥을 쏘다녔다
거나. 나는 얼른 열차가 오기를 바라며 생각했다. 정말 독특
한 아이구나, 너는. 3개 국어를 유창하게 구사할 줄 안다거
나 오랫동안 외국에 살다 왔다거나 하는 이력과 이국적인 느

192

낌을 주는 생김새가 매력적이기는 하지만 가깝게 지내고 싶지 않은 아이다, 너는. 사람들의 호기심을 자극하지만 누구도 너와 오래 대화하고 싶어하진 않을걸. 열차가 도착했고 나는 서둘러 차에 올라탔다. 빠르게 닫히는 열차 문 너머 숙희 학생은 뭔가 더 말할 게 남았다는 듯 눈으로 나를 좇았다. 그 학교 춘추복 차림, 아이보리색 니트와 왼쪽 가슴에 달린 노란 명찰이 생각난다. 그날 숙희 학생의 상담 기록이 내 가방에 들어 있었다.

그런 생각조차 죄가 되는 것 같다고 여겨지는 순간이 있었다.

네가 그러니까 아이들이 싫어하지.

자꾸 묻지도 않은 말을 하고. 자기 자랑이나 하고.

부에노스아이레스 한인 성당, 유아 영세, 끔찍한 기억, 한국 학교, 스페인어과 게시판, 소문, 석준, 전학, 대모님, 의심, 부모님과 상의…… 우선 숙희만 먼저 한국에 보내자고, 나를 믿어주지 않고, 어른들이 모여서 나를 쫓아내기 위해 상의했다, 내 부모까지 그 자리에서 그들과……

그 기록을 보지 않았다면 나는 숙희 학생을 그저 그런 성가신 아이로만 기억했을 것이다. 어떻게 생각해도 상담 기록을 가지고 나왔다는 사실이 합리화되는 것은 아니었지만.

숙희 학생   이건 천사예요. 날개를 편 무서운 천사.

고 선생   타락 천사?

숙희 학생   아니, 그냥 천사요. 스테인드글라스에 그려져 있는
          천사.

고 선생   천사가 무섭니? 아름답지 않고?

숙희 학생   성당 어른들 같아요. 전부 나를 혼내고 벌주려는 사
          람들.

  고 선생이 보여준 열 장의 로르샤흐 카드 중 한 점의 그림
에 대해 숙희 학생은 '무서운 천사'라고 대답했다. 어떤 그
림을 보고 '무서운 염소 머리'라고 대답했는지를 모르는 것
처럼 '무서운 천사'에 대해서도 나는 짐작할 수 없다. 로르
샤흐 그림은 전부 좌우가 대칭되는 잉크 얼룩 형상이다. 조
카는 평소 좋아하는 공룡 이름과 포켓몬스터 캐릭터 이름을
댔다.

  언니가 학부모들을 만나러 뛰어다니는 며칠간, 조카는 내
복 바람으로 집에만 있었다. 집안에 아이가 생기고부터 오래
전 센터에서 봤던 수많은 아이의 모습이 종종 떠오르곤 했
다. 대기실에 앉아 제 엄마에게 쌍욕을 하던 아이, 말갛게 웃
다가도 갑자기 정색하며 험한 말을 쏟아내던 아이, 학교 성
적은 최하위권이라고 했지만 대기실에서도 끊임없이 단어

를 외우며 공부하던 아이…… 그곳에서 아르바이트를 하던 1년 동안, 나는 처음으로 육아가 끔찍한 것이라는 생각을 했다. 한 인간이 다른 한 인간에게 감히 삶을 선사한다는 게 어떤 의미인지 짐작조차 할 수 없었다. 그 어떤 동물보다 취약한 상태로 태어난 새끼를 겨우 인간 비슷하게 만들어놓는다고 해서 해결되는 건 없을 것이다. 지독하게도 이기적인 생각이라는 것은 인정하지만 그래서 내겐 조카의 존재가 고마웠다. 내겐 출산의 고통도 직접적인 책임이 따르는 육아의 고통도 없었지만 어린아이가 자라나는 과정을 지켜볼 수 있었다. 친구들에게 항상 말했다. 나는 조카에게 모든 걸 다 해줄 거야. 혹시 나중에 나를 부양할지 어떻게 알아? 안 해도 그만이고……

조카는 모로 누워 요포대기를 끌어안고 〈뽀로로〉를 보는 데 여념이 없다. 온순한 아이지만 괴벽 비슷한 것이 있다면, 세 살 때부터 애착 물건으로 지녀온 요포대기를 누구도 만지지 못하게 하는 것이었다. 언젠가 귀가하자마자 소파에 쓰러져 나도 모르게 그것을 베고 잠에 들었다가 조카가 서럽게 우는 소리에 잠에서 깼었다. 조카는 내 머리통 밑에 있는 그것을 가리키며 애처롭게 울었다. 그때 나는 처음으로 조카가 조금 무섭다고 생각했다.

우리 지후가 어떤 아이로, 어떤 남자로 자라날지 모르는

데…… 어떻게 되든 끝까지 사랑할 수 있을까……

그런 질문이 머릿속에 스쳤고, 나는 그 질문을 곧 지워버렸다.

언젠가 인터넷으로 숙희 학생을 찾아보려고 마음먹었던 적이 있다. 상담 기록을 들여다볼 때의 마음과 같이 그저 호기심일 뿐이었다. 로르샤흐 테스트를 받은 날을 마지막으로 나도 고 선생도 숙희 학생을 보지 못했고, 소식을 들은 적도 없었다. 나는 몇 개의 검색 사이트에서 김숙희를 검색했다. 김숙희라는 이름은 생각보다 흔하지 않은 이름이었지만 내가 기억하는 숙희 학생을 찾을 수는 없었다. 부에노스아이레스에서 성장했고, 부모가 한인 성당 레지오에 몸담고 있었으며, 아버지의 직업이 건설회사 상무라는 것으로는 숙희 학생을 찾을 수 없었다. 그녀가 모 외국어고 스페인어과를 계속 다녀 졸업했는지, 국내 대학 스페인어과에 진학했는지도 알 수 없었다. 스페인어, 영어, 프랑스어를 구사하는 1985년생 여성이라는 정보도 그녀를 특정할 수 없기는 마찬가지였다. 나는 숙희 학생의 차트를 통해 다른 사람이 접근할 수 없는 수많은 정보를 갖고 있었지만 그녀의 페이스북 페이지 하나조차 찾아낼 수 없었다.

내 죄책감을 자극하고 때론 개의치 않으며, 숙희 학생은 여전히 내 기억 속에 머물러 있다. 이제 인정해야겠다. "어디서든 가만히 앉아 있다 보면 등줄기가 서늘해진다. 거대한 염소 머리가 나를 내려다보는 듯한 기분이 들기 때문이다."
그건 내가 재구성한 말이었다는 걸.

그건 숙희 학생이 한 말도, 고 선생이 한 말도 아니었다.

고 선생은 그저 "염소?" "염소가 무섭다, 정확히는 염소 머리, 등줄기가 서늘"이라고 적어놓았을 뿐이다.

천국과 지옥은 사실이야

나는 이 이야기를 필중 선배의 장례식장에서 들었다.

필중 선배는 스물아홉의 나이에 객사했다. 필리핀을 여행하던 중이라고 했다. 그는 이름도 가물가물한 어느 가난한 동네의 허름한 시장 한가운데에서 심장마비로 돌연사했다. 나는 필중 선배와 같은 시기에 3학년 전공 필수 수업을 수강한 적 있었고, 대여섯 명이 모인 식사 자리에서 함께한 적이 인연의 전부였으나 장례식장이 있는 순천까지 단번에 달려갔다. 그의 죽음은 학과 후배 모두에게 충격을 안겨줬다. 우리는 이십대 초반의 문학 전공생답게 죽음의 이미지에 강렬하게 사로잡혀 있었고, 학과에 전설처럼 남은 옛 선배의 자살에 관한 이야기를 술을 마시며 종종 나누곤 했다. 캠퍼스에서 가장 높은 건물에서 뛰어내린 선배. 그녀는 CD플레이어를 귀에 꽂은 채로 사망했는데, 발견 당시에도 음악이 흘러나오고 있었고 그녀가 옥상에 남긴 메시지는 이러했다.

'더 이상 슬프지 않은 실비아 플라스 곁으로 가고 싶다.'

우리는 산다는 건 끊임없이 추잡스러움을 축적하는 일일 뿐이라고 이야기했고, 젊어서 죽은 자들은 좀더 덜 추하게 사람들의 기억 속에 남을 수 있으므로 가능하면 요절하는 것이 좋겠다는 치기 어린 말을 함부로 나누곤 했다. 어떤 친구들은 자신들의 모임을 '요절조'라 칭했는데, 그들은 어디서나 '우린 멋진 작품도 못 쓰고 요절만 하게 될 거야'라고 떠들곤 했다. 요절이라거나 객사라거나 하는 단어, 한국현대문학을 수강할 때 숱하게 들었던 단어이자 우리가 입학하기 전에 벌어진 사건에 관련한 단어. 그러나 그걸 실감하게 될 줄은 몰랐던 것 같다.

장례식장 앞 전광판에 필중 선배의 성함과 함께 만 나이 28세가 적혀 있었고, 그 대목에서부터 나는 깊은 충격을 받았다. 화환이라고는 동기들이 보낸 것 단 하나뿐이었다. 필중 선배와 친하지 않았던 학과 소속 모든 후배가 순천에 몰려왔다. 나 역시 생전의 그와 친했다고 결코 말할 수 없었고, 그가 후배로서 나를 기억하고 있었는지도 확신할 수 없었지만 소식을 들은 즉시 기차표를 끊어 장례식장으로 갔다. 그래야만 했다.

내 삶에서 그렇게 젊어 죽은 사람은 처음이었으므로.

시신은 이미 그 나라에서 화장 절차를 밟아 유골이 되었다고 했고, 여행에 동행했던 친구가 유골함을 들고 귀국하는 중이었다. 우리는 유골이 없는 영정에 절을 하고, 새벽이 될 때까지 술상과 밥상을 차리고 치웠다. 생전의 그와 가장 친했다던 선배는 야근을 마치고 막차를 타고 내려와 그의 영정 앞에서 하염없이 담배를 피웠다. 필중 선배의 어머니가 돌아다니며 마주치는 아이들마다 손을 부여잡고 쓰다듬었다. 너는 필중이보다 오래 살아라. 너는 이미 필중이보다 오래 살았니? 그 와중에도 농담을 하는 어머니가 대단해 보였고, 생전의 필중 선배는 과연 어떤 사람이었을까 생각하게 되었다. 학과 선배라곤 해도 영정 사진 속 얼굴은 조금 낯설었다. 그는 미소를 지으며 엄지손가락을 척 치켜들고 있었다. 나는 지쳐 주저앉아 옆에 앉은 친구에게 핸드폰 속 잘 나온 사진을 보여주며 말했다. 나 죽으면 영정 사진은 이걸로 해줘. 친구는 내 볼을 꼬집었다. 그때 필중 선배의 어머니가 오열하는 소리가 들렸다.

그건 마치 자식이 살해당하는 현장을 목격하는 듯 그 이상 끔찍할 수 없을 것 같은 비명이었고 나는 그런 소리를 살면서 처음 듣는 것 같았다. 유골함이 도착한 것이었다. 그 여행에 동행했던 친구의 손에 들려. 그러고 보니 그 친구가 누군지에 대해서는 들은 바가 없었다.

나가보니 뜻밖에도 유진이었다. 유진은 내 입학 동기였고 한때 친하게 지냈던 적이 있었다. 유진이 필중 선배의 동행자일 줄은 상상하지 못했고, 그렇다면 거기 그도 같이 있었나, 내 머릿속에 레니라는 이름이 선명하게 떠올랐다. 레니, 알바레스…… 1983년생…… 그는 4년 전 유진의 남자친구였던 필리핀 청년이었다.

필중 선배의 어머니는 선 자리에서 한 발자국도 내딛지 못하고 오열하기만 했다. 검은 원피스를 입은 유진은 그런 어머니에게 인사도 건네지 못하고 얼어붙은 듯 서 있었다. 그녀의 손에 검은 보자기가 들려 있었다. 그게 바로 필중 선배일 터였다. 그 이미지는 오랫동안 강력한 스펙터클로 머릿속에 남았다. 검정색 원피스를 입은 유진이 안고 있는 작은 유골함. 우리는 유골을 영정에 두고 모두들 다시 절을 했다. 필중 선배의 부모야 말할 것도 없었겠지만, 덩치 큰 남자가 한 줌 유골로 돌아오니 기가 막혀 눈물이 났고 누구 하나 할 것 없이 울음을 터뜨렸다. 유골함을 내려놓은 유진이 파리한 얼굴로 내게 눈인사를 했다. 나는 다가가 말을 건넸다. 밥은 먹었어? 유진은 고개를 젓다가 휘청했다. 나는 유진을 부축해서 식사 자리에 앉혔다.

검정색 치마, 검정색 스타킹, 인천공항에서 급하게 사서 갈아입었어. 원래 꽃무늬 원피스밖에 없었거든. 비싸게 팔더라. 좋은 것도 아니면서.

유진은 좀처럼 육개장을 넘기지 못했다. 한 숟가락 들다가도 내려놓기 일쑤였다. 나는 그럼 제발 이거라도 먹어, 하면서 땅콩과 오징어가 든 접시를 밀어주었다.

필중 선배가 죽었고, 그 현장에 유진이 같이 있었고, 유진이 병원에서 시신을 곁에 두고 열두 시간 넘게 처리를 기다렸고, 화장을 했고, 그 유골함을 보자기에 싸서 비행기를 타고 왔다는 사실 역시 혼란스러웠지만 내 머릿속에는 두 어절의 단어가 맴돌고 있었다. 레니, 알바레스…… 나는 그를 4년 전, 아현동의 허름한 자취방에서 처음 봤다. 유진과 레니의 거처였다. 당시 나는 갓 졸업을 했고, 유진은 휴학이 길어져 몇 년간의 학기가 더 남아 있었다. 그녀는 그 상태로 복학하지 못하고 닥치는 대로 아르바이트를 하는 중이었다. 유진은 세 군데의 학원에서 세 과목을 가르쳤고, 주말에는 종일 과외를 했다. 그때 유진의 곁에 레니가 있었다. 레니 알바레스는 유진이 필리핀 어학연수에서 만난 남자였다. 그의 성까지 기억하는 데는 다 이유가 있었다.

4년 전 그 당시에는 유진과 종종 연락하고 가끔 만나는 사이였다. 레니가 입국한 이후에는 만나기 어려웠으나 유진과 나에게는 각별한 것이 있었다. 레니가 입국했다면 나에게는 그를 꼭 만나봐야 할 이유가 충분했고 실제로 만난 레니는 꽤 괜찮은 남자로 보였다. 그래서 안심했었다. 나는 유진의 자취방에 찾아가 몇 번 레니와 함께 식사를 했다. 원래도 음식을 잘했던 유진은 필리핀 전통 음식을 많이도 배워 왔고, 우리는 함께 좁은 자취방 침대 옆에 탁자를 펼쳐두고 식사를 했다. 내가 기억하는 레니는, 188센티미터의 장신에 검게 그을린 근육질 남자로 미남형이었고, 대화를 나눠본바 정치적 인식이라든지 젠더 의식조차 훌륭한 축에 속했다. 그는 필리핀 정권이 군사 정권으로 바뀐 후 곧 수배될 위기에 처한 운동권 학생이었다. 그러나 그와 나눈 수많은 대화 중, 가끔은 서로 알아듣지 못하고 손짓 발짓을 섞거나 그림으로 그려가며 나눴던 이야기들과 주고받은 단어들 중 희한하게도 가장 많이 생각나는 말은 'jealous'였다. 너 설마 질투하는 거야……? 그것은 정확히는 레니가 나에게 했던 말이 아니라, 유진에게 하던 말이었다. 나는 땅콩을 겨우 집어 먹는 유진을 곁에 두고 곰곰이 생각했다. 누구였더라…… 그래, 마빈이라는 친구가 있었다.

그리고 셔리스.

셔리스를 만난 적이 있었다. 그녀는 당시 갓 스무 살이었다. 마빈과 셔리스는 모두 비싼 등록금을 내고 신촌에 있는 대학의 어학당에 다니는 아이들이었다. 그들은 레니의 친구들이었다. 셔리스는 나를 만나자마자 울음을 터뜨렸다. 우리 엄마는 앙헬레스 출신이 아니었다고요. 대학생이었어요. 나는 녹음기의 불빛이 번쩍거리는 걸 보며 당황해 어쩔 줄 몰랐다. 혹시 실례가 되는 건 아닐까 고민하며, 유진을 통해 셔리스에게 인터뷰를 부탁한 나였다. 레니의 필리핀 친구들 중에 가장 어린 여학생이 다름 아닌, 아버지가 한국인인 코피노라는 이야기를 들었을 때 나는 이건 다시없을 기회라고 생각했다. 나는 필리핀에 가서 성매매 혹은 연애를 하고 아이가 생기면 잠적해버리는 한국 남자들을 증오했고 언젠가 꼭 그에 관한 소설을 쓰겠다고 마음먹고 있었다. 유진과 레니는 셔리스와의 만남을 주선해주었고 나는 그녀와 홍대입구의 카페에 마주 앉아 오랜 시간 이야기를 나눴다. 이야기가 끝날 무렵 유진과 레니가 나타났고 다 함께 과일소주를 마셨다. 그런 시절이 있었다. 그런데 유진은 지금 필중 선배의 유골함을 들고 나타났다. 그와 왜 필리핀에 같이 갔던 걸까. 타국에서 그의 죽음을 어떤 방식으로 감당하고 또 처리하고 여기까지 온 걸까. 나는 레니 알바레스는 지금 어디에 있느냐고 묻고 싶었다.

유진이 내게 핸드폰을 보여주며 말을 걸었다. 얼굴이 창백했다.

기억나, 마빈? 레니 친구.

유진이 보여준 화면에는 마빈에게 보낸 문자가 열 통 찍혀 있었다. 수신 없는 발신뿐이었다. 전부 한국어였다. 레니 어디 있어요? 레니랑 이야기하게 해줘요. 레니 어디 갔어요? 대답 부탁해요. 레니랑 같이 있잖아요. 셔리스도.

유진은 피식 웃으며 말했다. 한 달 전에 헤어졌어. 4년을 같이 살았고. 알지? 걔 돈 없었던 거. 그 애 비자 때문에 나도 내 땅에서 범죄자 같이 살았어.

그때 나에게는 유진이 어학연수를 갔을 때, 울며 내게 전화 걸었던 유진의 동생 희진의 목소리가 떠올랐고, 우리 언니 어떡해요, 한국에 들어오지를 않겠대요, 그 말들도 전부 생각났다. 한데 마빈이 어떤 사람이었더라. 마빈을 만나본 적은 없다. 사진으로 본 적은 있었지만.

근데 왜 마빈에게 연락하는 거야? 레니와 헤어졌다면서?

나는 조심스럽게 물었다. 그때 유진은 처음으로 육개장을 한 술 입에 떠 넣었다.

절대 모를 거야 너는…… 걔네는 크루야. 한국 여자 킬러 크루.

앙헬레스 시티Angeles City, 천사들의 도시.

필리핀 최대의 성매매 집결지였다.

셔리스는 커피를 주문할 때까지만 해도 그저 사색이 된 얼굴로 앉아 있다가, 내가 녹음기를 켜자마자 울음을 터뜨렸다. 우리 엄마는 앙헬레스 출신이 아니었다고요. 대학생이었어요. 필리핀에서 가장 좋은 여대에서 영문학을 전공하던 학생이었어요. 셔리스는 자신의 생물학적 아버지를 '그 사람'이라고 칭했다. 그 사람도 어학연수를 온 사람이었대요. MOU를 맺은 두 학교의 기념 축제에서 만났다고 했어요. 그때가 1995년. 한국 대학생들 엄청 많이 왔다고 했고요. 그날 축제에서 많이 사귀었다고 했어요.

셔리스가 대뜸 '우리 엄마는 앙헬레스 출신이 아니었다고요'를 내뱉을 때, 만일 내가 그녀를 만나기 전 앙헬레스 스트리트에 대해 알아보지 않았다면 당황했으리라 생각했다. 훌쩍거리는 그녀에게 '앙헬레스가 뭐죠?'라고 물어보기도 민망했을 것이다. 그렇지만 이어지는 말, '대학생이었어요'를 통해 충분히 맥락을 추측할 수 있는 말이기도 했다. 셔리스는 대화 중 몇 번이나 그 말을 강조했다. 우리 엄마는 사랑해서 그랬어요. 연인이 되었다고 믿었고, 그 사람이 연락처를 적어주었으니까요. 자신의 숙소 번호뿐만 아니라, 한국 집 주소와 연락처, 부모님의 성함까지 적어주었다고요. 그러고 나서 잤던 거래요. 사랑했으니까. 그 사람과 결혼할 수도 있겠다고 믿었으니까요. 자기 누나 다섯 명 사진을 하나씩 보여주며 그녀들과의 추억을 일일이 이야기하는 사람을 어떻게 믿지 않을 수 있겠어요?

언니는 그럴 수 있어요?

셔리스의 어머니는 아직도 그가 적어준 메모를 간직하고 있다고 했다. 셔리스는 핸드폰 사진첩에서 그 메모를 찍은 사진을 찾아내 보여주었다. Sinchon-dong, Seodaemun-gu, Seoul, Korea…… 이어지는 철자들을 읽어내자 소름이 끼쳤다. 그가 부모님의 성함이랍시고 적은 글자들이었다. jinjjailjulalahtni, byungshinah…… 나는 셔리스를 쳐다봤다. 셔리스는 고개를 끄덕였다. 나도 알아요. 무슨 뜻인지. 여기에 와서 알게 되었어요. 서대문구 신촌동까지 와서. 우리 엄마는 아직도 몰라요. 나는 커피를 한 모금 들이켰고, 몸을 부르르 떨었다. 나는 고독한 탐정이라도 된 듯 셔리스에게 질문했다. 그 사람, 사진은 없어요?

사진도 있었다. 1995년에 스물한 살 대학생이었다는 남자는 앞머리에 노란 브릿지 염색을 하고 환히 웃고 있었다. 셔리스 어머니의 목을 끌어안고. 다행히도 셔리스는 남자를 닮은 구석이 조금도 없어 보였다. 한 사람의 젊은 시절과 늙은 시절을 동시에 보는 듯 어머니를 빼닮은 아이였다.

그런데 언니는 왜 이런 취재를 해요?

나는 유진과 레니에게, 그녀에게 실례가 되지 않을까, 몇 번이고 물어봤었다. 원정 성매매나 유사 연애를 통해 아이를 갖고 나서 버리고 오는 한국 남자들에 대한 소설을 쓰겠다고. 그리고 코피노들이 한국에 와서 자신이 알고 있는 그 남자들의 신상을 인터넷에 전부 올려 복수하는 내용이 될 것 같다고. 그런 이야기를 유진과 레니에게 했었다. 레니는 얼마든지, 하고 어깨를 으쓱했다. 셔리스는 그 이야기를 언제나 하고 싶어 해, 누구에게든. 자신의 이야기를 들어주겠다는 사람을 만나면 반갑고 기쁘겠지.

그랬기에 나는 셔리스의 질문이 다소 당황스러웠다.

소설을 쓰기 위해서…… 이어지는 대화의 흐름에서 그따위 말을 할 수 없었다. 나는 거짓말로 둘러댔다. 글쎄요, 저와도 무관한 일이 아니라고 생각합니다. 같은 한국 사람으로서 죄책감을 느끼고 있고요. 꼭 그 남자들을 찾아내야 한다고 생각해요. 아마 아무 일도 없었다는 듯 한국에서 잘 먹고 잘 살고 있겠죠. 그 꼴을 볼 수는 없잖아요. 복수해야죠. 도와주기 위해서예요.

그 말 중 어떤 부분은 진심이 아니었다고 할 수 없다. 하지만 그저 둘러댄 말일 뿐이었다. 셔리스는 눈물이 그렁한 채로 내 손을 붙들었다. 언니, 저 그 인간 잡아 죽여버리게 꼭 좀 도와주세요. 내가 태어난 것 자체가 우리 엄마에게는 비극이었어요. 나는 없었어야 되는 존재예요. 나는 흥분한 셔리스를 달래며 찬물을 마시게 했다.

최선을 다해볼게요.

그 말을 하면서 나는 내가 좀 웃긴다고 생각했다.

유진이 장례식장에 나타난 후 두 시간쯤 흘러, 새벽 3시경
이 되자 사람들은 모두 지쳐 각자 벽에 걸터앉아 아무 대화
도 나누지 않았다. 어쨌든 젊어 죽은 사람의 장례식장에서는
누구도 함부로 술잔을 부딪치거나 화투판을 벌이거나 큰 웃
음을 터뜨리지 않았다. 새벽 늦게 와서 오열하는 필중 선배
부모의 친구들이 있을 뿐이었다. 그들 중 몇몇은 갑자기 술
상을 봐 아이들을 둘러앉게 하고 설교를 하기도 했다. 너희
들은 무조건 필중이보다 오래 살아야 한다…… 하지만 산다
는 건 어려운 일이지…… 나는 그 자리에 잠시 꼈다가 금세
일어났다. 내 머릿속에는 오히려 필중 선배에 대한 생각보다
는 레니와 셔리스, 그리고 마빈에 대한 생각만이 가득했다.

셔리스를 만나고 난 후 나는 소설을 썼다. 완성하자 전혀
엉뚱한 이야기가 나와버렸다. 당시 나는 갓 대학을 졸업하고
인터넷 신문사에서 일하고 있었는데, 자꾸 농을 건답시고 성
희롱을 하는 부장에 대한 짜증으로 날마다 우울하던 중이
었다. 내 소설에는 조회 수 장사를 하는 인터넷 신문사에서
일하는 젊은 여자 '나'와 그런 나를 은근히 괴롭히는 '부장'

이 나왔고, 부장은 그런 주제에 자신 인생의 최종적인 목표가 있다면 코피노를 위한 지원 사업을 하는 것이라고 했다. 그가 실제로 했던 말이었다. 내가 코피노에 관심을 가진 까닭 중 하나이기도 했다. 그런데 코피노인 셔리스를 만나 자세한 이야기까지 들은 마당에, 정작 소설은 셔리스를 만나 이야기를 나눈 공도 없이 부장의 허세와 나의 우울함만이 돋보이는 이야기가 되어버렸다. 당시 나는 주말마다 졸업한 동기들과 함께 소설 합평과 스터디를 하고 있었는데 그때 들은 이야기들은 이랬다.

'코피노'라는 말이 뭐라고, 그저 한번 써보고 싶었나 보군.

'코리안-필리피노'라는 그 처참한 맥락을 다 무시하고, 그저 작가가 '코피노'란 3음절에 매혹되어 갖다 쓴 이야기밖엔 되지 않아. 이건 폭력적인 대상화라고.

내가 봐도 그런 말들을 부정할 수 없었다. 그래도 친구들의 직언이 서운해서 합평 자리에서 눈물을 흘리고 말았다. 그저 작가가 코피노라는 말에 매혹되었을 뿐이라는 말에는 항변하고 싶기도 했다. 나는 그 아이를 직접 만나 이야기까지 들었다고. 따지고 싶었지만 가만히 있었다.

그런 생각을 하는 중에 육개장을 오래오래 떠먹다가 반쯤 남기고 숟가락을 내려놓은 유진이 담배 피우러 갈래, 물어왔다. 3월이었고 아직 쌀쌀했다. 유진은 갈색 코트를 걸쳤다.

흡연 구역 벤치에 앉아 유진은 자기 다리를 쓰다듬었다.

나 이 검은 스타킹을 치 떨리게 싫어해. 모르지.

나는 그게 무슨 말인지 몰랐다. 살갗이 비치는 얇은 스타킹이었다. 이런 날씨에 신을 만한 스타킹은 아니라고 생각했다. 나는 늦봄이나 초가을에만 신었다.

장례식장이라서 어쩔 수 없이 검은 옷을 사야 했는데, 돈이 좀더 넉넉했다면 바지를 샀겠지만 어쩔 수 없이 치마를 샀어.

유진은 줄담배를 피웠다.

셔리스 기억나지.

그때 불현듯 나도 셔리스가 신었던 검은 스타킹이 기억났다.

나는 충남 부여에서 자랐다.

내가 자란 동네는 예나 지금이나 면 단위로서, 성인이 되어서도 아직 동네에 남아 있는 젊은이들 대부분은 조금 모자란 아이들이었다. 안타깝지만 멀쩡한 애들은 전부 도시로 떠났다. 나 역시 그랬다고 볼 수 있다. 부모님은 각각 주유소와 작은 마트를 운영했는데, 방학 때 가끔 마트 일을 도우러 가보면 언젠가의 동창생이었을 수도 있는 사람들이 쭈뼛대며 문을 열고 들어왔다. 내가 본 그 동네 젊은이들은 대체로 불

결했고, 도시 사람들처럼 물건을 구입하며 인사를 건넬 줄도
몰랐고, 그들이 데리고 다니는 아이의 옷차림도 꾀죄죄했다.
좁은 동네에서 동창생들끼리 고등학교만 졸업하면 애 낳고
대충 사는 것 같았다. '삼포세대'라는 말은 남한에서도 서울
에서나 해당하는 말이라고 역설하던 친구가 있었다. 면 단위
애들은 아직도 대충 낳고 살아, 친구의 말이었다. 면 단위 출
신. 선배들은 나를 그렇게 부르곤 했다. 유진과 묶어서. 유진
은 충남 홍성 출신이었고, 아버지는 지자체에서 꽤 높은 위
치에 있는 것 같았다. 얼굴이 하얀 유진과 까만 내가 붙어 다
니면 애들은 '오레오'라고 불렀고, 너희는 인권 의식도 없
냐, 하고 우린 응수했었다.

　유진과 그렇게 붙어 다니던 시절이 있었다. 그랬기에 유진
의 동생 희진이 다이어리에서 내 전화번호를 찾아 연락한 것
일 터였다. 신입생 시절 핸드폰을 기숙사에 놓고 왔다는 유
진의 다이어리에 급하게 전화번호를 적어 주었다. 유진이 필
리핀에서 연락이 되지 않을 때 희진은 유진의 물건 일체를
뒤지다가 그해 다이어리를 발견했을 것이었다. 그땐 수업을
마치고 날마다 잔디밭에 앉아 줄담배를 피웠다. 돈도 없으면
서 하루에 담배를 두 갑씩 피울 때였다. 우리와 항상 맞담배
를 피워주던 사십대 시간강사가 있었다. 아이들이 교수님,이
라고 부르면, 교수 못 된 것도 서러운데 교수님이라고 할 거

냐? 응수하던 강사였다. 그는 이런 말을 하곤 했다. 담배와 커피, 그리고 독서, 정말 행복하지 않냐. 이거면 충분하지. 그런데 나는 담배 불법 되면 대마 하려고.

그 말을 셔리스가 영어로 했었다.

나는 한국에서도 담배가 불법이 되면 그중 마리화나를 고를 거예요.

과일소주를 마실 때, 유진과 레니는 셔리스를 가운데 두고 앉았다. 그 모습은 든든한 남매들 같았다. 레니는 물론 유진과 나보다도 나이가 훨씬 많았지만, 셔리스와는 띠동갑이므로 삼촌뻘에 가까웠다. 셔리스는 정자세로 소파에 앉아 있는 것이 좀이 쑤시는지 더러 무릎을 번갈아 들어 올리곤 했다. 그때 나는 셔리스의 허벅지를 감싸고 있는 스타킹의 올을 물끄러미 쳐다봤었다. 그때 역시 아직 쌀쌀하다고 할 만한 날씨였는데, 짧은 가죽치마를 입은 그녀의 얇은 스타킹은 심하게 올이 나가 있었다. 허벅지 안쪽으로까지 이어지는 올. 그리고.

유진이 화장실에 간 동안, 나는 우연히 탁자 밑에 시선을 두었다가 그 모습을 보았다.

레니가 잔근육이 자잘한 손등을 셔리스의 허벅지에 가져가는 모습. 셔리스는 가만히 있었다. 나는 당황해 얼른 시선을 거두었고 그들의 얼굴을 봤다. 그때 셔리스가 그렇게 말했다. 나는 한국에서도 불법이 되면 그중 마리화나를 고를 거예요. 레니는 호탕하게 웃었다. 마리화나라면 아무것도 아니니까. 레니는 나에게 물었다. 약 해본 적 없죠? 어차피 우리는 그 인간 이후에 담배도 불법이고요. 즉결 처분이에요. 이제 그 나라는. '즉결 처분'이라는 단어를 레니는 준비한 듯 한국말로 뱉었다. 나는 다시 탁자 밑을 살펴보고 싶었다. 레니의 손은 지금 어디에 가 있을까. 그때 유진이 돌아왔다.

당연히 나는 그 이야기를 유진에게 하지 않았다. 필중 선배가 돌아가신 이 마당까지, 나는 그 일을 어디에서도 꺼내본 적 없었다. 유진이 줄담배를 피우며 했던 말, 나 이 검은 스타킹을 치 떨리게 싫어해, 혹시 유진은 뭔가 알고 있는 걸까. 레니가 입국한 후 우리가 친했던 기간은 고작 1년으로 끝났다. 언젠가부터 자연스럽게 서로 연락을 하지 않았고, 그들이 그저 잘 지내고 있으려니 생각했다. 그러면서도 종종 나는 탁자 밑에서 움직이던 레니의 손을 떠올렸고, 잔근육이 울퉁불퉁 튀어나온 그의 가무잡잡한 손등이 떠오를 때면 착잡해지곤 했다. 금방 시선을 거두었지만 나는 알 수 있었다. 셔리스는 미동도 하지 않은 채 가만히 있었다. 오히려 입꼬리를 올리며 미소를 지었다. 그런 일쯤이야 너무나도 익숙하다는 듯. 그날의 정황을 다시 떠올리자 인상 깊은 장면이 하나 더 있었다. 자리를 파하려는 데 레니가 유진의 옆구리를 쿡 찔렀고 유진은 지갑을 꺼냈다. 당황한 나는 내가 계산하겠노라고 유진을 말렸고, 그때 레니가 어딘가로부터 전화를 받더니 모두들 걱정 말라고 했다.

마빈이 방금 돈 보내줬어.

그때 나는 마빈의 이름을 처음 들었다.

그러니까 나는 한국 영화나 소설에서 그려지는 아버지상이 꽤나 의미심장하다고 생각해. 물론 영화는 영화고, 소설은 소설이지. 하지만 그것이 공동체의 공통 감각을 반영하지 않을 수는 없지. 내가 확언하건대 한국 여자 대부분은 자기 아버지를 증오하거나, 경멸하거나, 무시하거나, 두려워하고 있어. 어때, 그렇지 않니?

레니가 그 말을 할 때도 나는 셔리스와 유진의 눈치를 살폈다.

한국 남자들은 몹쓸 종자들이야, 말 그대로.

레니는 힘주어 말했다. 셔리스는 고개를 끄덕였다.

부여에서 주유소를 운영하는 아버지가 생각났다. 그는 평생 설거지와 빨래를 해본 적이 없었다. 저녁마다 반주를 했고 밥상이나 주안상이나 수저 하나 놓아본 적 치워본 적 없었다. 내가 어릴 때는 가끔 어머니의 머리채를 휘어잡기도 했었다. 유진의 아버지는 어땠을까. 우리 충청도 아버지들 말고 서울 아버지들은 조금 다를까. 모두 똑같이 여자를 3일에 한 번 패야 한다고 하는 말을 듣고 자란 한국 남자들일까.

나는 사진으로 본 남자를 하나도 닮지 않은 셔리스의 얼굴을 물끄러미 바라봤었다.

유진의 동생 희진은 당시 고등학교 3학년이었는데, 낯선 전화번호에 어리둥절한 내게 거두절미하고 언니 저 희진이에요, 유진이 언니 동생이요,라고 다급하게 말을 이어갔다. 언니, 저희 언니 좀 도와주세요. 언니 큰일 났어요. 필리핀에서 우리가 모르는 남자랑 결혼을 하겠대요. 저한테 일방적으로 통보해놓고 며칠째 전화를 안 받아요. 저희 아버지 높은 사람이고 엄마는 제일 큰 교회 전도사예요. 부모님이 알면 우리 언니 죽어요.

나는 일단 홍성에 희진을 만나러 갔다. 버스터미널 분식집에서 볶음밥을 먹으며 희진은 눈물을 흘렸다. 아니, 그냥 연애만 하면 됐지, 왜 결혼을 하려고 해요? 유진이가 왜 그러지?

교복을 입고 머리를 양 갈래로 땋은 희진은 고개를 주억거리며 말했다.

그러게요, 저희 언니 모태솔로인 거 아시죠. 완전 미쳤어요.

하기야 학교에서 유진이 연애를 하는 걸 본 적이 없었다.

좁디좁은 학과 공동체에서 4학년이 될 때까지 어떤 선후배와도 엮이는 걸 듣지도 보지도 못했고, 마음에 드는 남자가 있다는 이야기를 들어본 적도 없었다. 그렇다고 유진이 인기가 없었던 건 아니었다. 유진을 남몰래 좋아하고 있다는 친구들 이야기를 들은 적 있었다. 고등학생 희진은 그저 언니가 처음 만난 남자에게 미쳐서 결혼하겠다고 지랄하는 중이라고 말했다.

원래 언제 돌아와야 하죠?

1년 있다가 돌아오는 학생 비자였으니까…… 두 달밖에 안 남았는데, 남자랑 결혼하고 같이 들어오겠대요.

학생 비자. 희진의 말을 듣고 스치는 생각이 있었다.

나는 유진의 홈스테이에 전화를 걸었다. 동생 희진을 만나서 이야기를 들었다는 내 말에 유진은 한숨을 쉬었다. 걘 왜 그러니, 창피하게. 유진은 대수롭지 않게 말했다. 나는 유진에게 물었다. 남자가 잠깐 한국에 들어올 수는 없는 거야? 학생 비자라도 받아서.

그때 유진은 답답하다는 듯 말했다. 못 받아, 학생 비자. 돈이 없어서. 돈이 너무 없고 부모님 문제가 걸려 있어서 비전문 노동자 비자도 못 받아. 들어와봤자 금방 나가야 돼.

그런데 나, 이 남자랑 못 헤어지겠어.

그때 나는 유진이 결혼을 주장하는 까닭이 비자 때문임을 깨달았다. 치기 어린 이야기였다. 필리핀 정권이 바뀐 후 모든 시스템이 가난한 자들에게 불리하게 돌아가고 있다는 걸 알고 있었다. 그러나 그런 까닭으로 처음 만난 남자와 결혼을 할 필요는 없다고 생각했다. 유진은 울먹이며 말했다. 희진이가 협박하더라. 부모님한테 다 일러서 당장 잡아 오겠다고. 내가 그래도 친구 같은 동생이라 솔직하게 말했는데. 너한테 연락한 건 또 뭐고.

유진은 울먹이고 있었지만, 나는 유진이 부러웠다. 희진 같은 동생이 있었으면 좋겠다고 생각했다. 제발 정신 차리고 적당히 만나, 그 말을 하지 못하고 전화를 끊었다.

얼마 후 유진에게 전화가 걸려왔다. 걱정하지 마, 우리 문제 다 해결됐어. 레니의 친구가 목돈을 빌려줬다고 했다. 여기서 어울리는 크루가 있는데, 한국에 어학연수 가게 되면서 레니에게도 돈을 해줬어. 모두 레니에게 큰 힘이 되어주는 친구들이야. 비자 문제도 해결됐고 그 친구들이랑 같이 들어갈 거야. 오빠 한 명이랑 여동생 한 명.

나는 희진에게 그 소식을 전해주었고 희진은 다행이라며 울먹였다. 저 이번에 수능 망치면 다 저희 언니 때문이에요. 나쁜 년. 여동생이 없는 나는 욕을 하는 희진을 보면서도 유진이 부러웠다.

유진은 그래도 고맙다, 동생까지 만나줘서, 하며 남자친구인 레니를 전화로 자세히 소개했다. 심정적으로는 결혼한 사람이나 마찬가지야. 형부라고 생각하고 대해줘. 레니 알바레스, 1983년생. 나이가 좀 있지? 그는 유진과 나보다 여덟 살 많았다. 그래도 실제로 보면 우리 또래로 보여. 들어가자마자 소개해줄게.

그들이 귀국하고 거처를 잡은 후 나는 그들을 만나러 갔다. 아현동의 좁디좁은 골목 끝에 있는 낡은 연립주택 2층에 있는 분리형 원룸이었다. 동네 꼴이 심란해서 유진의 얼굴을 보기가 민망했다. 필리핀에 가기 전 유진은 강남에서만 살았다. 우리 학교 있는 달동네보다 더한 동네가 있네, 나는 그 말을 내뱉지 않았다.

1980년대에나 지어졌을 법한 낡은 철근콘크리트 주택이었지만 유진과 레니의 자취방은 아기자기하고 예뻤다. 기숙사에 살던 시절부터 꾸미기를 좋아하는 유진이었다. 필리핀에서 사 온 것 같은 이국적인 패브릭과 소품 들을 나는 하나하나 둘러보며 구경했다. 유독 가톨릭 성물이 많았다. 내게는 그런 물건들이 익숙했다. 부여에 계신 어머니는 레지오와 성가대를 겸임하는 구역장이었고, 밤마다 기도를 하는, 내겐 지긋지긋한 교인이었다. 어머니는 누군가 선물을 할 때 성모마리아를 소재로 한 물건이라면 더없이 기쁜 마음으로 받았다. 어머니가 귀퉁이가 다 찢어지도록 매일같이 보는 책,『매듭 푸는 성모님께 드리는 9일 기도』의 표지 그림과 비슷한 그림이 한쪽 벽면에 크게 걸려 있었다.

Maria che scioglie i nodi.

무슨 뜻인지도 모르지만 내게 익숙한 문구였다. 천사들이 붙들고 있는 긴 실타래의 매듭을 푸는 성모의 이미지였다. 잘못된 방향으로 흐르는 정념을 중재해주소서. 교만, 야망, 질투, 분노, 탐욕, 유혹의 물결이 저를 덮치나이다. 언젠가 어머니가 중얼거리는 기도를 들었을 때 나는 그러한 레토릭이 문학적이라고 생각했다. 한쪽 벽면을 다 차지할 만큼 커다란 패브릭에 수놓아진 매듭 푸는 성모님을 보며 부여의 어머니에게 가져다주면 얼마나 좋아할까, 생각했다. 태슬이 잔뜩 달린 패브릭은 낡고 좁은 자취방도 아늑하게 보이도록 했다. 작고 아기자기한 성모자상도 곳곳에 놓여 있었고, 성경도 물론 여러 권 있었다.

그런 것들이 조금 의아하게 느껴졌던 순간이 있었다. 유진이 손수 요리한 족발튀김을 반 정도 먹었을 때였다. 레니에게 배운 '크리스피 파타'라고 하는 음식이었다. 껍질은 바삭바삭하고 살코기에서는 기름이 줄줄 흐르는 고기에 파채와 양념간장을 곁들여 쌀밥과 함께 먹으니 맛있었다. 괜찮지? 한국 사람 입맛에 맞을 거라고 하던데. 레니는 내게 말했고, 문득 나는 그런 생각을 했다.

그는 필리핀 군사 정권의 피해자라고 할 수 있었고, 젊은 운동권 학생이 아니었던가……? 나는 해방신학이라거나 한국 가톨릭 항쟁의 전통에 대해 들어본 적이 있었지만, 한편으로는 필리핀 여성들이 국교인 가톨릭 때문에 중절수술을 하지 못하고 끊임없이 사생아를 낳는다는 사실을 알고 있었다. 엄격한 교회법에 따르면 피임조차 금지였기에, 성매매를 하러 가며 콘돔을 쓰지 않아도 된다고 좋아하는 한국 남자들이 있다는 역겨운 사실도 들은 바 있었다. 그런데도 국가 기간산업이라고 할 만큼 수많은 여성을 길거리에 내몰다니, 나는 '필리핀'이라는 나라의 이름이 주는 기묘한 느낌만큼(Philippines, 식민지 시절 스페인 왕 펠리페 2세의 백성이라는 뜻이었다) 레니가 신실한 가톨릭 신자라는 게 낯설게 느껴졌다.

그런 것은 지금 생각해보면 아무것도 아니다.

그와 함께 입국한 후, 1년 동안 유진이 내게 전해주었던 말들.

레니는 2호선 열차를 가장 신기해해. 이너 서클 라인이라니, 깜빡 졸면 24시간 열차를 타고 빙빙 도는 거냐면서, 그럼 여기 살 수도 있는 거냐면서, 바보같이.

그런데 가끔 레니가 2호선 열차만 타면 낯선 눈빛을 보낼 때가 있어. 그가 나를 낯설게 보는 건지, 내가 그를 낯설게 보는 건지 좀 헷갈리는데, 아예 모르는 사람을 보듯 보는 거야. 내 느낌에는 그래. 어떨 땐 우리가 즐겁게 나눴던 이야기를 하나도 기억을 못 하고.

그 칸에 있는 수많은 다른 여자 중 하나를 보듯 나를 보는 느낌인 거야.

그저 내가 예민한 탓이겠지?

레니 덕분에 처음으로 성당에 갔어.

신촌에 있는 그 학교, 가톨릭계 학교 있잖아. 거긴 일요일 저녁마다 유학생들을 위한 영어 미사를 해. 어쨌든 미사곡은 아름다워. 주말마다 셔리스와 셋이 거길 가. 원래 나는 안 가려고 했었는데……

자꾸 어딜 갈 때마다 셔리스를 데리고 가자고 하는데, 마빈과 넷이 다니려면 어쩔 수 없어. 마빈이 돈을 다 내는데…… 도대체 레니는 언제쯤 아르바이트라도 할는지.

그런데 알아? 마빈은 늘 한국 여자만 사귀어. 셔리스랑 자는 사이면서.

그리고 내가 일하는 동안 마빈과 레니가 낯선 한국 여자들이랑 어울려. 어디서 만났는지 무슨 일을 하는지도 모르겠는 여자들이랑……

페이스북 페이지를 뒤지다가 알게 됐어……

'여기서 어울리는 크루가 있는데, 모두 레니에게 큰 힘이 되어주는 친구들이야. 비자 문제도 해결됐고 그 친구들이랑 같이 들어갈 거야. 오빠 한 명이랑 여동생 한 명.'

그 말이 떠오르자, 조금 전 들었던 '크루'라는 단어 때문에 다시 심란한 기분이 들었다. 걔네는 크루야, 한국 여자 킬러 크루……

나는 내내 유진의 검은 스타킹을 물끄러미 바라보고 있었고, 올이 나가지 않은 매끈한 다리를 보며 셔리스를 생각했다. 마빈과 자는 사이인 건 확실해? 레니랑은? 몇 년 전의 나는 그런 심술궂은 질문 따위 하지 않았다. 유진이 보여준 문자가 생각났다.

레니랑 같이 있잖아요. 셔리스도.

갑자기 유진이 무릎을 가지런히 꿇어앉았다. 필중 선배 어머니가 다가오는 중이었다. 새벽이 깊어지자 필중 선배 어머니가 현금을 잔뜩 들고 다니며 일일이 아이들에게 부의금과 교통비를 돌려주는 중이었다. 아이들은 거절했으나 어머니는 완강했다. 자식 죽은 걸로 돈 벌고 싶지 않다. 어머니가 큰 소리로 공지하자 누구도 거절하지 못했다. 필중 선배 어머니가 다가오자 유진이 자세를 바르게 고쳐 앉았다. 나는 필중 선배 어머니와 유진이 조우하는 장면을 가까이에서 지켜봤다. 부지불식간에 그 장면은 내게 약간 충격을 주었다.

필중 선배 어머니는 싸늘한 표정으로 유진을 내려다보고, 이내 고개를 돌려서 내게 어디서 왔느냐고 물었다. 서울에서 왔다고 하니 현금을 세서 부의금 5만 원과 함께 돌려주었다. 이렇게 속 깊은 어머니가 아들의 죽음을 몸소 감당하고 유골함을 모셔 온 친구에게 하는 행동이 언뜻 이해되지 않았다.

그때, 번개같이 머릿속을 스쳐 지나가는 생각이 있었다.

필중 선배는 유진을 사랑했다.

몇 년 전 유진 동생 희진과 홍성 버스터미널 분식집에서 볶음밥을 먹을 때 '우리 언니 모태솔로라서 처음 만난 남자한테 미친 거예요' 운운하는 희진을 두고, 나는 유진을 짝사랑하던 몇몇을 떠올렸고, 그중 필중 선배도 있었다. 그건 학과 사람들 모두가 알고 있는 사실이었다. 그 사실이 이제야 생각나다니 어이가 없었다. 유진이 입학했을 때부터, 멜빵바지를 입고 사람 좋게 웃고 다니던 진짜 모태솔로인 필중 선배가 내내 유진을 짝사랑했다는 것. 유진은 그 사실을 조금도 신경 쓰지 않았다. 필중 선배는 유진에게 딱 한 번, 여자친구로 만나보고 싶다고 말했다고 했었다. 유진은 거절했고 필중 선배는 덤덤하게 받아들였다. 학교에서 마주쳐도 웃으며 인사했고 성가시거나 폭력적인 행동을 한 적도 없었다. 유진을 사랑하면서도 태가 날 만한 행동을 하나도 하지 않았기에 나 역시 그 사실을 완전히 잊고 있었다.

그렇다면 나와 연락이 끊긴 사이에 레니 알바레스와는 헤어지고 필중 선배를 사귀었던 건가. 그런데 왜 두 사람이 필리핀엘 갔지? 아니다, 레니 알바레스와는 한 달 전에 헤어졌고 그를 아직 잊지 못해 마빈에게까지 연락을 하는 중이라는 말을 좀 전에 들었다. 그렇다면 대체 필중 선배가 죽어 돌아온 이 여행의 목적은 무엇이었나. 머릿속이 복잡해졌으나 나는 이런 질문들을 유진에게 던질 수 없었다. 유진은 유골함을 들고 긴 비행을 마치고 돌아온 참이었다. 다른 문제를 다 떠나서 외국에서 지인의 죽음을 처리하고 돌아온 유진의 심정을 나는 짐작조차 할 수 없었다. 여전히 유진의 뺨에는 생기 하나 없었고, 원래도 하얗던 피부는 마치 시체처럼 창백했다.

필중 선배의 어머니는 유진에게 아무 말도 건네지 않았고, 돈을 돌려주지도 않았다. 유진이 부의금을 내는 장면을 분명히 목격했는데도. 답답해진 나는 흡연 구역에 갔다. 선배들이 모여 떠들고 있었다. 그러니까 둘이 아무 사이도 아닌 건 맞지? 유진이가 뭘 어떻게 할 수 없는 게 맞지? 나는 한 선배에게 다가가 물었다. 여행을 왜 둘이 간 거래요? 혹시 알아요?

선배는 어이없다는 듯 내게 말했다.

네가 유진이 동기 아니냐. 너 유진이랑 친하지 않았니? 우리가 물어보는 것보다는 네가 물어보는 게 낫지 않겠냐?

부여에 계신 어머니는 내게 가끔 매듭 푸는 성모님 기도를
보낸다.

원죄 없이 잉태되신 성모님이여, 하느님의 어머니이시자
저희의 어머니이신 분, 저희 삶의 매듭을 풀어주시는 거룩하
신 어머니께 청하오니 자애로운 마음으로 오늘 제가 청하는
매듭을 받아주시어 악마의 공격으로 인한 매듭과 혼란에서
벗어나게 해주소서. 그리스도의 사랑 안에서 그리스도를 그
누구보다도 사랑하며 진실한 마음으로 우리 형제들을 사랑
하게 하소서. 아멘.

항상 친구들과 노래방에서 가장 즐겁게 열창했던 곡은
1995년 발표된 「아미가르 레스토랑」이었는데, 나는 특히 이
부분을 좋아했다. 매일같이 나를 간섭하는 내 어머―니, 그
런 옷은 안 된다 안데르센 동화를 읽는 어린애가 아냐, 나도
이제 지금 내 머릿속에 상상하는 일들은 결코 어리지 않아
요. 그러든지 말든지, 부여에 계신 어머니는 내게 성모님의
기도를 적어 보냈다. 원죄 없이 잉태되신 성모님이여, 나는
그 말에 꽂혀 「아미가르 레스토랑」을 부르며 원죄라는 말을
생각했다. 그것은 그것이구나. 그것은 바로 그것을 의미하는
말이로구나. '아미가르 레스토랑'이 어떤 공간인지에 대해

서는 가사에서 설명되지 않는다. 친구들과 오랜 시간 토의했고 그곳은 아무래도 서울 구석 동네에 있는 마약을 취급하는 가게였으리라, 결론 내린 적 있었다. 나는 장례식장에서 끊임없이 레니와 셔리스, 마빈을 생각했다. 내가 기억하고 있는 그들의 모습. 무엇보다 허벅지 안쪽까지 올이 쭉 나간 얇은 스타킹을 신은 허벅지를 쓰다듬던 레니의 손길. 그는 내 친구 유진의 남자친구였고, 셔리스는 역겨운 한국 남자를 생물학적 아버지로 둔 코피노, 내 취재 대상이었다. 셔리스의 두 말이 한꺼번에 떠올랐다. 나는 마리화나를 고를 거예요. 내가 태어난 것 자체가 우리 엄마에게는 비극이었어요.

그건 마치 아미가르 레스토랑과 매듭 푸는 성모님을 동시에 떠올리게 하는 말들이었다.

나는 유진에게 물어봐야겠다고 마음먹었다.

순천의 모 대학병원 장례식장은 작고 드나드는 사람이 많지 않아 조용했다. 우리 학교에도 병원과 장례식장이 있었지만 개강 총회를 마치고 술에 취해 남의 초상집에 들어가 울던 애들이 있는가 하면 상주 앞에서 고꾸라져 구토를 하던 애들도 있었다. 정문과 면한 병원 장례식장 앞에서 나는 주로 이른바 '청춘뽕'이라고 불렀던 그런 아이들의 무질서함을 가슴 깊이 저주했다. 나는 술을 즐기지 않았고, 술에 취해서 무엇이든 할 수 있다는 게 무엇인지 몰랐다. 셔리스에 대한 이야기를 들으면서도 그랬다. 왜 마빈이랑 자는 사이라는 걸까. 거기서 말하는 '자는 사이'는 뭘까. 그런데 왜 그의 연인은 아니라는 걸까. 그때 레니가 허벅지를 만졌을 때, 심지어 그의 여자친구가 동행한 자리였음에도 그런 짓을 장난처럼 주고받은 까닭이 무엇일까. 그 시절 녹음기는 온데간데없었지만 녹취를 풀어 정리한 노트는 아직 간직하고 있었다. 그때 셔리스는 그렇게 말했다.

그러고 나서 잤던 거래요. 사랑했으니까. 그 사람과 결혼할 수도 있겠다고 믿었으니까요.

자기 어머니에 대해, 앙헬레스 출신이 아닌 대학생이었다고 항변하던 셔리스는 왜 섹스와 사랑을 구분하는 것일까. 이 대목에서 나는 갑자기 숨이 턱 막혔다. 지금껏 읽어왔던 모든 소설과 봤던 영화는 다 무슨 소용이었나. 그녀의 어머니와 그녀가 무슨 상관이란 말인가. 내 머릿속에 있던 말을 유진이 귀신처럼 알아챘는지 똑같이 말했다.

야, 이거 우리가 면 단위 출신이라 이해 못 하는 거 아니지?

우리는 모처럼 큰 소리를 내며 웃었다. 유진은 내가 무슨 생각을 하고 있는지 알까.

나는 유진에게 뭘 이해 못 하겠느냐고 물었다.

마빈은 왕이었어. 레니는 그가 시키면 뭐든 해야 하는 신

하. 심지어 셔리스를 데리고 2 대 1 플레이를 하자고 강요해도. 아, 물론 확인한 건 아니야. 내 망상은 거기까지 뻗어나갔으니까. 어느 날 내가 밤늦게까지 보충수업을 하고 집에 돌아왔는데, 레니와 셔리스가 단둘이 있었어. 셔리스가 술에 취해 잠들어 있더라고. 빌어먹을 찢어진 검은 스타킹 신고 치마는 다 말려 올라가서. 나는 순간 머릿속이 하얘졌고 레니의 따귀를 때렸어. 레니는 책을 읽고 있었는데 정말 어안이 벙벙한 표정으로 나를 쳐다봤어. 나중에 들었는데 그 셋이 어학연수 준비한다고 필리핀에서 원룸에 같이 산 적이 있대. 그때 셔리스를 가만뒀을까, 저 짐승 같은 것들이? 레니는 자기는 절대로 셔리스와 그런 사이가 아니라고, 성적인 접촉을 한 적이 없다고 6개월간 변명했어.

그 대목에서 나는 잠시 숨을 골라야 했다.

셔리스 불쌍하지. 지 애비도 모르고.

유진은 미간을 찌푸리며 심술궂게 말하기 시작했다.

제 엄마는 성매매하다 한국 남자 만난 거 아니었다고 어지간히 주장하는데, 그게 뭐가 중요하냐고. 앙헬레스 스트리트의 여자들이랑 대학생인 자기 엄마를 구별 짓기 하려고 무던히도 애쓰더라. 걔는 그게 중요했던 애야. 사랑해서 잉태된 아이라고, 그래도 지는. 그렇게 사랑이 중요한 애가 왜 그러고 살아? 마빈이 얼마나 많은 여자를 만나는 줄 알아? 걔는 한국에서도 꿀리지 않을 필리핀의 거물급 갑부 자식이야. 그래, 그래서 레니도 들어올 수 있었지. 그런데 나는 셔리스가지 애비 찾겠다고 한국 온 거 같지 않다는 생각이 들었어. 갈수록.

나는 몇 년 전 홍대입구의 카페에서 비엔나커피를 홀짝이던 셔리스를 떠올렸다.

그럼 왜 온 건데?

왜긴? 오빠들이랑 놀려고 온 거지. 걔네 집도 가난하지는 않다는데, 아무튼 마빈이 걔한테도 엄청 쏜 걸로 알아. 마빈은 한국 여자 즐겨보러 왔고, 셔리스는 한국이 궁금하던 차에 자길 공주처럼 취급해주는 오빠들 따라온 거뿐이야. 코피노라고, 개뿔.

그 말에 나는 합평을 받으며 울었던 기억을 떠올렸다. 코피노라는 말이 뭐라고, 정말이지 소설을 썼을 뿐인데, 그저 한번 써보고 싶었나 보군이라고 그따위로 인격 모독까지 들어야 하나? 라고 생각했었고, 유진의 말을 들으니 그 말이 떠올라 기분이 좋지 않았다.

나는 새 담배에 불을 붙이며 말했다.

유진아.

유진아, 그래서 왜 헤어진 건데? 그렇게 이미 다 알고도 견뎠으면서.

유진도 새 담배에 불을 붙였다.

레니는 1년 후엔 학생 비자가 끊겨서 어학당이고 뭐고, 계속 필리핀에 드나들어야 했어. 4년을 만났다지만 6개월 이상 아예 못 본 적도 있었고 결산하면 우리가 함께 산 기간은 2년 정도라고 봐야 하나. 필리핀에 갈 때마다 마빈이 동행해줬지. 경비 다 대주고. 나는 늘 마빈이 레니에게 돈을 쓰는 걸 알고 있었고, 그 모든 게 레니의 비자 문제 때문이라는 걸 알았기에 그 점은 마빈에게 고마웠어. 씨발 클럽 같은 데 데려가서 여자랑 부킹을 시켜주는 걸 알았어도. 그런데.

한 달 전에는, 말이야.

필리핀에 들어가야 하는데 셔리스랑 단둘이 간대.

나는 순간 유진의 말을 끊고 물었다.

셔리스도 아직 한국에 있는 거지? 걔는 왜 있어?

아무튼.

셔리스가 웬일인지 필리핀에 집이 없다네. 원래 살던 도시에서 식구들이 먼 섬으로 이사를 갔는데, 얘네들 용건 보려면 그 섬에 가긴 너무 멀대. 그래서 둘 다 집이 없어서 마빈의 원룸에 둘이 머무르고 온 거야. 원랜 마빈까지 셋이 가는 일정이었는데 마빈이 갑자기 사정이 생겨서 빠지게 되었다고, 여행 경비 두 사람 거 당연히 다 내주고.

유진은 줄담배를 피웠다.

내가 이거 이해 못 하는 거 진짜 면 단위라 그러냐? 나는 홍대에서 놀아본 적도 없고, 이태원에서도 놀아본 적도 없잖아. 그런데 우리 대학 때 결혼이나 연애나 독점적 관계가 얼마나 이데올로기적인지 배웠지. 그런 말에 고개를 끄덕였지. 그런데도 내가 그걸 삶에서 이해해내야 한다니까, 이해되지가 않아.

나는 유진의 어깨에 손을 얹었다. 아니, 레니와 셔리스가 어떤 관계인지는 모르는 거잖아. 정말로 돈이 없고, 정말로 마빈에게 경제적으로 종속되어 있고 그래서……

그 부분. 유진은 대답했다.

나는 그걸 참을 수 없었던 거야.

돈 많은 왕 같은 형이랑 어울려 다니면서 그가 하는 짓을 베껴 하는 것 같은 게.

그리고 나는 정말 궁금했어. 걔네들 주야장천 하는 말대로, 친구 사인데, 남녀가 단둘이 여행을 가도 아무 일 없을 수 있는지 말이야.

차라리 따라가지 그랬어?

나는 유진에게 물었다. 유진은 대답하지 않고 눈을 질끈 감았다. 필중 선배를 유골함에 담아 들고 비행기를 타고 와서, 밥도 제대로 먹지 못하고 줄담배를 피워댄 유진은 곧 쓰러질 지경이었다. 나는 질문한 것을 후회했다. 유진아, 차라

리 어디 가서 좀 쉬었다 오는 게 어때. 나는 유진의 옆구리를
잡고 물었다.

필중 선배 어머니가 저렇게 계신데 내가 자리를 어떻게
비워.

유진은 내 볼을 쓰다듬으며 말했다.

울었니?

나는 유진이 유골함을 들고 들어올 때, 필중 선배 어머니
가 오열하는 모습을 보며 눈물을 흘렸다. 그 눈물 자국이 파
운데이션을 바른 얼굴 위로 아직 선명하게 남아 있는 모양이
었다.

울었지. 우리 안 운 사람이 없어. 죽은 사람한테 절 네 번
한 건 처음이었을 거야, 다들.

유진은 피식 웃었다. 난 안 울었다. 나는 필중 선배가 쓰러
지던 순간부터 지금까지 눈물 한 방울 안 났어.

그러고 보니 유진에게는 핸드백밖에 없었다.

네 짐은 어쨌어? 어디 보관하고 왔니?

아니, 다 버리고 왔어. 여권이랑 지갑만 챙기고.

필중 선배의 동기인, 생전의 그와 가장 친했다던 선배가
유진에게 다가와 어깨에 손을 짚었다. 어머니 저러시는 거
이해해라. 지금 타국에서 객사한 자식 둔 어머니잖니. 유진

이 너도 알지? 네가 잘못한 거 없다는 건. 만약 나랑 같이 갔어도 마찬가지였을 거야.

유진의 눈시울이 붉어졌다. 필리핀에서부터 한 번도 울지 않았다는 유진이 이제 곧 눈물을 쏟을 것 같았다. 나와 선배가 번갈아서 유진을 달랬다. 유진이 입술을 달싹이며 말했다.

선배 죄송해요. 어쨌거나 제가 필중 선배 여자친구도 아니고 계속 어머니 보기가 좀 힘드네요. 근처 모텔에서 조금만 쉬고 다시 올게요.

선배는 고개를 끄덕였다.

유진과 나는 학사촌 근처에 있는 낡은 모텔에 투숙했다. 새벽 깊은 시각이었다. 들어가는 길에 생수와 간식거리를 샀다. 유진은 침대에 앉아 검은 스타킹과 원피스를 벗어 던졌다. 내게 여분의 잠옷이 있어 유진에게 입혔다. 유진은 지금은 못 눕겠다, 눕는 순간 실신할 것 같아서, 하고 버티고 앉아 있었다. 아직 할 말이 남은 것 같았다.

미안하다. 이렇게 됐네. 희진이 전화받은 것도 그렇고, 오늘에 와서까지.

나는 상관없다고 대답했다.

차라리 따라가지 그랬느냐고, 아까 네가 물었잖아. 그래, 그러려면 그럴 수도 있었겠지. 그런데 나는 필리핀 애들이 비자 문제로 오갈 때, 그때만큼은 여자친구도 동거인도 아니었어. 나에게는 크루에 낄 어떤 명분도 없었고. 그저 나는 레니의 한국 홈스테이 주인이었을 뿐이라는 생각이 들어.

유진아. 그런 생각은 과한 것 같아.

유진은 울먹이며 말했다.

필중 선배에겐 종종 연락이 왔어. 내가 남자랑 같이 산다는 걸 알면서도, 잊을 만하면 한 번씩. 밥은 잘 챙겨 먹고 있는 거지, 그런 말들. 레니와의 사정도 전부 이야기했지. 선배가 레니에게 아르바이트 자리를 구해준 적도 있어. 행사에서 간단한 통역을 하는 거였는데, 그마저도 레니는 늦잠을 자서 가지 못했어. 레니와 셔리스가 여행을 가고, 자기들은 필리핀에서 용건도 많고 사정이 한두 가지가 아니라 눈을 붙일 시간조차 없을 것 같은데 쓸데없는 걸로 의심한다고 나를 몰아붙였지. 마빈이 내게 전화해서 그러더라. 유진의 머릿속엔 뭐가 들은 거야? 그런 한국식 표현을 잘도 구사하더라.

유진은 핸드백을 뒤졌다.

용케 이걸 챙겼네.

유진은 내게 작은 묵주를 건넸다.

이거 너희 어머니 드려. 얼마 전 대지진 때 무너진 보홀섬 성당에서 산거야.

유진은 내 어머니의 종교를 기억하고 있었다.

우린 둘 다 면 단위 출신이고, 엄마들은 동네 종교 인맥 짱

먹는 아줌마들이라는 공통점이 있었잖아. 보홀에 있는데 엄마한테 문자가 왔어. 알지? 우리 엄마 전도사인 거. 유진아, 어디에 있든 행실을 바르게 해야 한다. 어쨌든 천국과 지옥은 사실이니까. 알잖니? 천국과 지옥은 사실이야. 엄마 문자는 내게 언제나 스팸 문자나 다름없었는데, 보홀의 무너진 성당에서 그 말을 보니까 이건……

유진은 오열하며 말했다.

나는 알고 싶었어. 정말로 남자와 여자가 단둘이 여행을 가도 아무 일 없을 수 있는지. 셔리스와 레니처럼. 필중 선배에게 그저 던져본 거야. 나랑 여행 갈래요? 나를 사랑하는 남자인데, 내가 사랑하지 않으니까. 실험해봐도 되겠다, 생각한 거야. 이 죽음이 나 때문이 아닌 게 맞아?

나는 아무 말도 할 수 없었다.

머릿속엔 그저 단 한 마디의 말, 유진의 어머니가 보냈다는 문장이 떠오를 뿐이었다.

천국과 지옥은 사실이야.

괴물과 사실, 그리고
앎의 장치로서의 소설

송종원
(문학평론가)

목격자의 시선으로

박민정의 소설은 어딘가 다르다. 실험성이 강하다는 표현과 어울리지는 않지만 하나의 작품을 다 읽고 나면 지금까지 읽어온 소설과는 확실히 어딘가 다르다는 느낌이 든다. 무엇이 다른가. 이 작가의 소설은 어딘가 좁은 길을 복잡하게 걷는 듯한 행보를 보이지 않는다. 소위 인물의 내면으로의 여행에 큰 관심이 없다는 뜻이다. 박민정의 소설에서 화자나 주인공을 떠올려보면 쉽게 이해될 것이다. 그들은 모호한 분위기나 깊이를 추구한다기보다 자신의 삶 주변을 채우고 있는 어떤 표면들에 관심을 가지고 그것을 기록한다. 여기서 표면이란 사회적 관계를 통해 형성된 여러 맥락이다. 그들은 내면에서 어떤 말을 길어 올리는 사람이라기보다는 자신이 목격한 것을 빠짐없이 기록하려는 사람, 그러니까 목격자에 가깝다. 박민정은 이 목격자의 시선을 통해 무언가를 알리고 싶어 한다. 나는 일전에 박민정 소설의 이러한 특징을 다음과 같이 표현한 적이 있다.

(박민정의 소설은) 내면보다 한 인물의 삶이 형성된 역사적 조건 내지 정치·경제적 상황들을 의식적으로 환기하면서 소설의 세계를 확장한다. 그래서인지 박민정의 소설은 보이지 않는 깊이에 집착하고 있다기보다 가시화가 가능한 표면을 촘촘히 다룬다는 인상을 준다. 이 표면에는 우리가 의식으로 끌어올리지 못한 사실들이 얽혀 있다.

(2017년 한국일보문학상 후보 리뷰, 『한국일보』 2017년 10월 17일 자)

박민정의 소설은 한 사람의 깊고 좁은 길이 아니라 사람들의 삶 위로 지나는 촘촘하게 연결된 도로를 우리에게 가시화하려 한다. 그래서 그녀의 소설은 작품 곳곳에 새겨진 다양한 정보에 더 눈이 가기도 한다. 가령,

그 집에 대해 다른 방식으로 말해볼 수도 있다. 철근콘크리

트 블록조에 아스팔트로 방수 처리된 평지붕의 일본식 고택. 그 집을 일본식이라고 말할 수 있는 건 실제로 그 집이 해방 전에 지어지기도 했고, 다다미방이 있는 것이나 마루와 방들과 화장실이 경계 없이 이어져 있다는 점에서도 그랬다. 해방 전에 지어진 고택이 어떻게 징용공 출신의 아내에게 넘어왔는지 알 수 없었으나, 분명 그 집은 한때 일본인의 소유였을 터였다. 후암동 그 골목의 집들이 죄다 그런 구조로 이루어져 있다는 건 결혼을 준비할 때 알았다.

「신세이다이 가옥」, p. 133)

그는 필리핀 군사 정권의 피해자라고 할 수 있었고, 젊은 운동권 학생이 아니었던가……? 나는 해방신학이라거나 한국 가톨릭 항쟁의 전통에 대해 들어본 적이 있었지만, 한편으로는 필리핀 여성들이 국교인 가톨릭 때문에 중절수술을 하지 못하고 끊임없이 사생아를 낳는다는 사실을 알고 있었다. 엄격한 교회법에 따르면 피임조차 금지였기에, 성매매를 하러 가며 콘돔을 쓰지 않아도 된다고 좋아하는 한국 남자들이 있다는 역겨운 사실도 들은 바 있었다.

「천국과 지옥은 사실이야」, p. 224)

인용과 같은 서술들이 다른 작가의 소설 속에서 발견되지 않는다고 말하기는 어렵다. 하지만 박민정의 소설에서는 그것이 유독 자주 발견되는 것은 물론이거니와 서사의 탄력을 훼손하는 췌언처럼 읽히기보다는 이 자체가 소설의 중요한 문체로 기능한다는 점에서 다르다. 「신세이다이 가옥」에서 가옥에 대한 설명적 정보가 제시되면서 작품에는 허구와 연동된 강건한 사실의 맥락이 자리한다. 그래서 마치 실제의 공간이 소설 속에 들어서는 듯한 느낌을 준다. 또한 「천국과 지옥은 사실이야」에서 소설 속 인물의 행위가 보여주는 아이러니함을 그 인물이 살아온 시대적 성격에 관한 정보 서술을 통해 그려냄으로써 작품 자체가 마치 어떤 증언의 현장 같은 분위기를 풍긴다. '분위기'라는 말을 썼지만 박민정의 소설은 소위 문학적 분위기를 덧입히는 것에 큰 관심이 없다. 그녀의 언어는 즉물적이다. "역사적 조건 내지 정치·경제적 상황들"과 관련한 즉물적 언어들을 일부러 걸러내지 않음으로써 박민정의 작품은 새로운 질감의 소설 언어를 발명하고 있다. 이와 같은 개성으로부터 기대할 수 있는 효과는 무엇일까. 박민정은 일전에 한 인터뷰에서 이렇게 말한 적이 있다. 역사에 대한 관심과 관련한 질문은 받던 작가는 다음과 같은 흥미로운 답변을 제시한다.

　　말씀하신 대로 역사에 대한 관심이 많은 까닭은, 특정한 역사적인 사실에 흥미를 느끼면서 그것을 소설적으로 읽는 습관 때문인 것 같아요. 사실 이미 씌어진 역사가 중요한 게 아니고, 내가 잠깐 어떤 방식으로든 연관이 되었다거나 무심코 살아가는 일상 중에 어떤 역사적 사실이 갑자기 틈입해 들어온다거나 하는 게 흥미롭다고 생각하거든요.

(「흥신소적 취미와 세대적 자의식」, 『문학과사회 하이픈』

2017년 겨울호, p. 48)

'무심코 살아가는 일상 중에 어떤 역사적 사실이 갑자기 틈입하는 사건'은 왜 흥미로운가. 그것은 자신에게 어렴풋하기만 하던 자기 삶의 윤곽이 일순간 또렷해지면 어떤 이해의 지평에 놓이게 되는 사건과 다르지 않기 때문일 것이다. 이를 소설이 씌어지는 자리와 연관 지어 말하자면 허구를 경유하는 과정에서 맞닥뜨린 완강한 사실로서의 삶에 대한 이해라고도 명명이 가능할 것 같다. 근거 없는 이야기가 또렷한 근거를 획득해가는 과정, 또는 망상과도 같은 생각이 극히 사실의 생각으로 변모하는 과정은 작가에게 특별한 쾌락을 제공했으리라 추측할 수 있다. 이를 알고 있는 박민정은 사건을 쓰되 사건과 사건 사이에 어떤 역사적 흔적이 틈입하는 순간을 지향하며 쓰고, 인물을 이야기하되 인물의 삶이 어떤 구체적 현실의 자료들을 이끌어오도록 쓴다. 그리하여 누군가의 말처럼 작가는 우리들의 경험 아래 작동하는 심층적 연관을 밝혀내는 작업을 수행한다.

우리는 어떻게 괴물을 키웠나

「천사의 비밀」은 입시학원이 밀집한 강남 소재 아파트촌 상가에 자리한 심리학습상담센터에서 아르바이트를 하는 '나'가 그곳에서 외고 스페인어 학과에 다니는 '숙희'라는 인물과 만났던 15년 전의 이야기를 주로 그린다. 굳이 지역과 학교와 학과를 밝히며 설명하는 이유는 박민정의 소설에서 그러한 정보들이 꽤 중요한 서사값을 지니기 때문이다. 쉽게 짐작이 가능한 강남 소재 아파트촌이라는 계급성, 심리학습상담센터라는 병리성 이외에도 외고 스페인어 학과라는 지위가 지닌 독특한 소외성과 심리학습상담센터에서 일하는 나와 그곳을 고객으로 찾은 숙희 사이의 비대칭적 권력 구조까지 이 작품의 서사에 기여하는 현실성이라는 측면을 간과할 수 없다.

작품 말미의 '숙희가 1985년생'이라는 서술로 미루어 나와 숙희의 만남은 2000년대 초반쯤 이루어졌을 거라 짐작 가능하다. 나는 현재의 시점에서 아이를 양육하는 과정에서 문제에 봉착한 친언니의 모습을 보던 차에 2000년대 초반 숙희를 만나던 시점으로 회귀하는데 이는 이 소설이 아이의 양육을 주요한 문제로 삼는다는 점을 암시한다. 15년 전의 이야기는 표면적으로 심리적 문제로 인해 심리센터를 찾게 된 이야기이지만, 숙희의 입을 통해 듣게 되는 이야기는 아이에게 문제 상황을 부여한 가정과 사회의 증상들이 담겨 있다. 언제나 그렇듯 심리센터를 찾는 내담자는 아이만이 아니라 아이를 양육하는 부모를 포함한다. 시기를 특정하여 말하자면 이 작품은 IMF 시기를 통과하고 있는 가정과 사회가 아이에게 어떤 삶을 선사했는가를 심층적으로 들여다본다고 할 수 있다. 그 삶의 모습은 어떠한가. 숙희의 사례처럼 그 시기 아이는 애정을 담은 부모의 눈빛과 말 속에서 성장하지 못하고 차가운 심리 산업의 시선과 적의를 표출할 만한 희생양을 포착하려는 소문 속에서 방치된 채로 자란다. 돌봄의 역할을 방기한 가정과 어떤 거대한 분노의 시선으로 자신을 압박하는 학교와 그리고 자신을 어떤 죄책감 속에 가두어두려는 교회, 그 모든 곳에 숙희는 다음과 같은 시선을 느낀다.

어디서든 가만히 앉아 있다 보면 등줄기가 서늘해진다. 거대한 염소 머리가 나를 내려다보는 듯한 기분이 들기 때문이다.

「천사의 비밀」, pp. 196~97)

화자는 숙희가 거대한 염소 머리라고 말한 이미지를 '아스모데우스'의 형상이었을 거라 추측하는데, 이 신의 형상은 알려지다시피 분노와 색욕의 화신이다. 이는 숙희를 둘러싼 시선들의 숨겨진 정념과 그 정념이 현실 속에서 희생양을 찾아 작동하는 방식을 함축한다. 아이를 양육하는 돌봄의 자리를 벗어난 부모들이 위치한 지점이 바로 분노의 자리이다. 그리고 이 분노는 부모의 것으로 한정되지 않고 아이들에 의해 확대 재생산된다. 부모들의 분노와 아이들의 분노는 같은 방식으로 숙희를 색욕의 화신이라는 이미지를 덧입혀 희생양으로 만든다. 그렇다면 분노의 기원은 무엇인가. 부모들은 왜 분노 속에 있는가. 그것은 IMF가 만든 UFO와 관련한다. 시선을 다른 작품으로 옮겨보자.

우주, 버뮤다 삼각지대, UFO, 노스트라다무스. 그중 한 명은 언제나 악몽에 시달렸는데, 꿈속에서 늘 블랙홀에 빨려 들어간다고 했다. 그 애는 어머니에게 이끌려 수면장애 클리닉에 다녀보기도 했으나 중학교를 졸업할 때까지 우주에 관한 관심은 멈추지 않았다. [......] 날마다 버뮤다 삼각지대에 대해 심각하게 고민했던 친구는 늘 돌봐야 하는 두 살 터울의 남동생이 갑자기 거기로 사라져버릴까 봐 걱정했다.

(「모르그 디오라마」, p. 21)

「모르그 디오라마」의 주인공 '나'와 그의 친구들이 자란 1999년은 숙희가 자란 2000년대 초반의 분위기와 크게 다르지 않다. 심리센터와 유사한 수면장애 클리닉에 다니는 아이들이 있고, 숙희가 부모의 방치와 터무니없는 소문 속에서 양육되었듯 「모르그 디오라마」 속 주인공의 중학교 친구들은 음모론 속에서 자란다. 이들의 세계에도 돌봄의 주체로서 부모는 없다. 아이들이 기대고 있는 음모론은 합리성을 결여한 망상으로 취급하기 쉽지만, 음모론이 있는 곳에 설명이 불충분한 고통이 자리한다는 추정은 합리적이며, 소멸의 불안감과 공포로 물든 아이들의 내면이 그들의 부모로에게서 영향을 받았을 거란 짐작 역시 타당하다.

우리가 중학생이었던 1999년, 언제나 IMF 핑계를 대며 용돈을 주지 않던 부모들의 한숨과 더불어 우리를 사로잡고 있었던 것은 바로 '이 세계는 곧 끝장나리라'는 정서였다.

(같은 글, p. 20)

종말이라는 음모론과 한숨을 쉬는 부모는 이 아이들에게 거의 동등한 영향력을 행사한다. 그리고 어쩌면 IMF라는 사건은 종말론과 부모의 한숨에 동일한 기원으로 작동했을지도 모른다. IMF는 경제적 양육 주체로서의 부모들에게 자신들의 삶을 정체불명의 물질(UFO)로 체감하게 했다. IMF는 경제와 관련한 고도성장률의 지표들을 망가뜨리며 부모들의 삶을 미궁 속으로 밀어 넣었으니 말이다. 그렇다고 해서 모든 부모의 삶이 불안을 야기하는 정체불명의 물질성으로 둔갑한 것은 아닐 것이다. IMF로 인한 부동산 가격의 하락은 특정 계층에는 또 다른 투기의 기회로 작동하며 그 기회를 동등하게 부여받지 못한 계층들에게 분노를 샀다. 저 한숨과 분노의 영향권 아래 박민정 소설의 부모들이 자리한다는 말은 그리 틀리지 않을 것이다. 박민정의 소설은 과거의 특정 국면을 재조명하는 데 그치지 않고 그것과 연동하는 현재의 시점을 문제적으로 그린다. 20여 년이 지나는 사이 아이들은 어떻게 되었을까. 우리는 그 답을 표제작 「바비의 분위기」에서 확인할 수 있다.

분노의 정동이 확산된 사회에서 방치된 듯 키워진 아이 중한 명이 「바비의 분위기」 속 주인공의 사촌 오빠이다. 이 아이는 부모의 손길 대신 부모가 건넨 첨단 기기 속에서 자란다. 이때 부모가 건넨 것은 사랑이 아니라 재화(財貨)이자 무언가를 소비할 수 있는 능력이었다. 아이는 부모가 건넨 그것을 스스로 자신에게 건넬 수 있는 주체로 커나가는데, 문제는 재화는 물론이거니와 소비의 대상으로 여겨서 안 되는 존재까지 소비하는 주체가 되려 한다는 점이다. 그 존재는 다름 아닌 '여성'이다. 이는 한국 사회의 어느 국면에 형성된 분노의 네트워크가 만들어낸 괴물의 이야기가 아니라고 할 수 있을까. 앞서 이야기한 바를 빌어 말하자면, 박민정은 지금 우리 사회의 주요 문제 중 하나인 여성혐오와 디지털 성폭력의 일상에 어떤 역사적 사실들이 틈입해 들어오는 지점을 소설을 통해 발견해낸 것은 아닐까.

다중 억압 속에 살해당하는 여성들

여성이 있는 곳에 성폭력이 있고, 영상이 있는 곳에 또한 성폭력이 있다. 과장이 아니다. 작년 한 언론 매체를 통해 보도된 바에 따르면 서울시 거주 여성 3천 6백여 명을 통해 실태조사를 한 결과 조사 인원의 43퍼센트가 디지털 성범죄에 직간접적으로 피해를 보았다는 자료가 있다. 한국 사회에서 여성들은 상상 이상의 성폭력을 경험하여 그를 통해 여러 번 죽음과 같은 고통을 겪고 훼손된 삶을 살아간다.

팟.
하얀 플래시가 터졌고 그때 나는 죽었어,

「모르그 디오라마」, p. 23)

250

그 영상을 본 이후, 내 삶의 질은 다섯 단계쯤 낮아졌죠. 어린 시절 알 수 없는 공간에 감금되어 잠시 죽었다 살아 돌아왔는데도 괜찮았던 내가. 그런데 삶의 질은 무엇을 기준으로 판단할 수 있을까? 이 삶의 다섯 단계쯤 위는 뭐고, 여기서부터 다섯 단계쯤 아래는 무얼까? 내가 다시는 영상을 보기 전으로 돌아갈 수 없다는 것은 분명하다.

(같은 글, p. 24)

잠시 죽었다 살아 돌아왔다는 말로 가려져 있던 사건은 소설의 말미에 어린 시절 주인공에 가해졌던 성폭력이었음이 밝혀진다. 아이가 성폭력을 당한 날과 아이의 아버지가 친자 확인을 하기 위해 아이를 병원에 데려간 날이 동일하다는 사실은 여러모로 생각할 거리를 남긴다. 실추된 가부장적 권위를 친자 확인을 통해 증명받으려는 아버지의 욕망과 어린 여아를 성착취하여 비뚤어진 욕망을 채우려는 남성 청소년 사이의 묘한 유사성은 모른 체하기 쉽지 않다. 「모르그 디오라마」의 폭로는 여기서 그치지 않는다. 19세기 말 파리의 센강에서 발견된 여성의 시체를 구경하기 위해 몰려든 사람들의 시선과 디지털 공간 속에 활개 치는 현재의 여성 폭력을 동시적으로 그리면서 소설은 시공을 초월하며 여성을 대상화한 폭력들이 어떻게 우리의 일상을 구성하고 있는지를 펼쳐 보인다. 하지만 박민정의 소설이 그러한 현실의 재현이냐고 묻는다면 질문의 방향을 조금 바꿀 필요는 있다.

사실「모르그 디오라마」뿐 아니라 소설집『바비의 분위기』곳곳에서 성폭력이 벌어지고 있다. 박민정이 여성의 문제를 그리는 방식 또한 그의 소설의 특징과 연동한다. 작가는 여성의 문제를 단순히 폭로의 차원으로 그려내는 것이 아니라 그를 둘러싼 다양한 사회적 관계를 촘촘하게 펼쳐 보인다. 그렇기 때문에 우선『바비의 분위기』에 등장하는 여성은 전적인 투사나 완전한 피해자로 그려지지 않는다. 강요된 '-다움'이 그녀의 소설에는 부재한다고 말할 수도 있으리라. 또한 여성의 이야기는 늘 '여성과 무엇'이라는 형식의 차원에서 들여다볼 수 있도록 구성한다. 가령 여성과 미디어, 여성과 노동, 여성과 권력, 여성과 언어 등등. 그중에서도 권력관계에 대한 문제라면 박민정 소설가가 처음 작품을 발표한 시점부터 지속적으로 다뤄온 테마에 가깝다고 말할 수도 있으리다. 박민정의 소설이 그려내는 자리는 늘 권력관계가 예리하게 포착되어 있었다. (박민정은 처음 작품을 발표하는 지면의 수상 소감에서 자기가 가진 권력이 무엇인지도 모르는 불행한 인간이 되고 싶지 않다고 말한 바 있다.)

부탁드립니다. 제 얼굴이 찍힌 영상을 지워주세요. 저는 평범한 시민입니다. slut이 아닙니다.

(「세실, 주희」, p. 61)

피해자의 저 어조는 단순히 남성과 여성 사이의 비대칭적 구도만을 문제 삼지 않는다. 거기에는 더 복잡한 관계가 스며 있다. 우선 남성성을 띤 미디어의 소비층과 박제된 피사체 사이의 억압적 관계, 또한 영작문을 번역한 저 문장은 영어와 한국어의 비대칭적 관계를 가시화한다. 권력은 곳곳에 있다. 가령, 「천국과 지옥은 사실이야」에서 그려지듯 부여와 서울 사이, 필리핀과 한국 사이에도 있다. 「세실, 주희」 같은 작품은 서양과 동양 사이, 일본과 한국 사이에 펼쳐지는 권력의 위계와 그 안에서 벌어지는 갈등을 복잡하게 그린다. 이 복잡한 갈등과 비대칭적 관계 속에서 여성은 이중 또는 삼중 억압을 강요당한다.

그러니까 나는 한국 영화나 소설에서 그려지는 아버지상이 꽤나 의미심장하다고 생각해. 물론 영화는 영화고, 소설은 소설이지. 하지만 그것이 공동체의 공통 감각을 반영하지 않을 수는 없지. 내가 확언하건대 한국 여자 대부분은 자기 아버지를 증오하거나, 경멸하거나, 무시하거나, 두려워하고 있어. 어때, 그렇지 않니?

(「천국과 지옥은 사실이야」, p. 218)

여성들에게 부가된 다중의 억압을 드러내기 위해 박민정의 소설은 전략적으로 한국과 비대칭적 관계에 놓인 외국인의 시선을 적극적으로 활용한다. 이 인용문은 「천국과 지옥은 사실이야」에서 필리핀 남성 인물의 입을 통해 발화되는 내용이다. 만약 이 발화가 한국인 여성의 자리에서 흘러나왔다면 어땠을까. 내용적으로 크게 어긋난 부분이 많지 않겠지만 어딘가 조금 어색하게 들렸으리라. 부정적 형상으로서의 아버지가 크게 어긋난 추정은 아니나 그에 대한 격정적인 확신과 판단의 가차 없음은 한국 여성의 시선과는 다른 무언가를 더하고 있는 듯하다. 그것은 국경을 초월한 맨스플레인의 모습이면서, 경제적 기준과 국제 질서의 역학적 관계를 바탕으로 형성된 국가 간 위계에 대한 적의일 수도 있고, 또한 필리핀 여성을 성착취하는 한국 남성들이란 배경을 고려하면 젠더와 연동하는 계급성을 따져 묻는 시선까지를 포함한다. 어쩌면 박민정은 '한남'의 심각성은 한국의 입장에서 한국보다 덜 발전한 나라라고 여겨지는 국가를 매개할 때 더 적나라하게 드러난다고 판단한 것은 아닐까. 더불어 국제사회에서 가해자의 역할을 한 한남들로 인해 그에 대응하는 보복적 가

해로 인해 피해자의 위치에 놓이는 한국 여성의 특수성을 그려냄으로써 말 그대로 한국 여성들에게 가해지는 복합적이고 다중적인 억압을 가시화하려고 시도하는 듯하다.

앎의 장치로서의 소설

일전에 박민정의 소설을 읽고 나는 또 이렇게 말한 적이 있는데 이 말은 여전히 유효하다고 판단한다.

> 어떤 조건과 결합할 때 우리의 삶이 망가지고, 또 어떤 조건과 새롭게 관계를 맺을 때 우리의 삶이 좀더 나아질 수 있는지 작가는 소설을 쓰며 진지하게 묻고 있는 중인지 모른다. [……] 유물론적 사고는 박민정의 소설을 추동하는 주요한 힘이다. 한국사회에서 혐오의 대상이 된 존재들의 삶의 조건이 바뀔 때 박민정의 소설 또한 새로운 전환을 보여줄 것이다.
> (2017년 한국일보문학상 후보작 리뷰, 『한국일보』 2017년 10월 17일 자)

'진지하게 묻고 있다'라는 표현은 장식적 수사가 아니었다. 박민정의 소설은 실제로 다른 누구의 소설보다 도드라지게 진지하다. 이 진지함은 지성의 소산이다. 그는 한국 문학에서 끊임없이 회귀하는 지향점인 '마음'에 대해서 쓰는 것이 아니라 '앎'에 대해서 쓴다. 아마도 작가는 사회적 관계의 생산물로서의 삶이 마음을 닦는 대상이 아니라 논쟁의 대상이고 합리와 불합리는 따져 묻는 비판의 상대라고 여기는 듯하다. 그래서 박민정은 우리 삶이 구성되는 어떤 조건들이 자연적인 것으로 취급되는 경향을 거부하며 끊임없이 역사화하려는 모습을 보여준다.

박민정의 소설은 IMF에 청소년기를 통과한 세대의 삶으로부터 서술자의 시선을 길어 올려 그 삶의 주변과 이전 세대의 모습을 관찰하고 해석하는 방향으로 씌어진다. 그만큼 특정한 역사적 국면에 충실하고 예각화한 시선을 그려내는 점이 탁월한 데 반해 한편으로는 이 시선의 동력이라는 것이 제한적이지 않을까라는 의구심이 들기도 한다. 박민정이라면 이 의구심 또한 소설의 조건으로 활용할지 모르겠다. 역사적인 것에 민감한 그녀에게 소설은 상수(常數)의 놀이가 아니라 변수(變數)의 실험일 것이기에 그렇다.

작가의 말

    몰랐기 때문에 쓸 수 있는 것들이 있었다. 나는 때로 정말 무식했고 종종 너무 멍청했기에 겁도 없이 이런저런 글들을 발표할 수 있었다. 일본어를 모르면서 일본에 관한 소설도 썼고, 과거 한국사 점수는 형편없었으나 소설에 역사를 다루곤 했다. 어느 날의 습작에는 "운전은 언제나 죽음과 동행하는 일" 따위의 문장이 있다. 거의 날마다 운전을 하는 지금은 떠올리지 않는 말이다. 내가 진짜로 몰랐기 때문에 못 썼던 것은 오직 사랑이나 행복에 관한 것이었다. 누군가 일별한다면 마치 종교에 맹목적으로 집착하는 광인처럼 나는 사랑이나 행복을 들먹였다. 그러나 내 삶에서 실감한 적 없었다. 그것은 내가 정말 모르는 것이기 때문에 소설이라는 결여로 도망칠 수도 없는 것이었다. 알지 못하는 세계에서 나는 한없이 자유로웠는데 왜 사랑과 행복은 불가능했나. 이제 나는 그것에 대해 생각한다.

창작집으로는 『아내들의 학교』 후 3년 만에 묶어내는 소설들이다. 눈물겹게도 썼고, 흥겹게도 썼다. 지금 나는 많은 것들이 두렵다. 요즈음은 너무 오랫동안 멍해지는 경우가 많아 당황스럽다. 내 삶에서 너무나 중요했던 단어들이 아예 사라져버릴 수도 있겠다는 생각을 한다. 그리고 이 또한 조금 기이한 것일 수도 있는데, 나는 '천벌이 무섭다'라는 말도 가끔 떠올린다. "우리는 자유롭지 못하다. 하늘은 아직도 머리 위에 떨어질 수 있다"라는 앙토냉 아르토의 문장은 자주 떠올린다.

조금은 더 지켜봐야겠다.
원하는 만큼은 쓰지 못했으니까, 사실 아직 한 줄도 쓰지 못했기 때문에.

2020년 여름
박민정

그곳에서 일어난 일은 이곳에서 다시 일어난다. 그때 일어난 일은 지금도 일어나고 있다. 그러나 결코 같은 방식으로는 일어나지 않는다. 박민정의 소설에서 과거의 사건은 지금의 사건과 긴밀하게 호흡하지만, 그것이 명료한 인과관계로 손쉽게 환원되지는 않는다. 그러므로 그의 소설을 통해 우리는 지금 이곳을 더욱 섬세하게 사유하게 된다. 내가 박민정의 소설을 깊이 사랑하는 까닭은 그의 소설이 우리에게 끊임없이 생각할 것을 요청하면서도, 동시에 판단 중지를 불러일으키는 압도적 순간을 그려낸다는 데 있다. 이 모순에 나는 항상 놀라고, 자주 질투를 느낀다. 이번에도 당신은 이 책을 읽으며 소설이 그리는 현실들이 모두 긴밀하게 연결되어 있음을 알아차릴 것이다. 과거와 현재가 반복되고, 여기와 저기가 교차하는 이야기들을 통해 당신은 끊임없이 반복되는 폭력과 혐오의 역사를 재차 확인하게 될 것이다. 그리고 우리 현실을 촘촘하게 둘러싼 여러 긴장을 부감하는 소설의 태도로부터 우리 삶을 다시 사유하고 관망할 힘을 얻을 수 있을 것이다. 박민정의 소설은 가장 먼 곳에서 누구보다 첨예하게 현실과 대결한다. 그는 이 대결을 손쉽게 마무리하는 대신, 소설이 끝나고도 해소되지 않는 질문을 남겨두는데, 이는 소설이 끝나도 우리의 현실은 계속 이어진다는 당연한 사실 때문이리라. 당신은 이 책을 덮으며 그가 남긴 질문을 두고 오래도록 고민하게 될 것이다.

황인찬(시인)

수록 작품 발표 지면

모르그 디오라마 『릿터』 2018년 2/3월호

세실, 주희 『문학동네』 2017년 가을호

바비의 분위기 『문학과사회』 2017년 여름호

신세이다이 가옥 『문학동네』 2019년 가을호

숙모들 『2019 현대문학상 수상 작품집』

천사의 비밀 『문학동네』 2017년 겨울호

천국과 지옥은 사실이야 『자음과모음』 2018년 봄호